무명의 소식

무명의 소식

박시은 소설집

harmonybook

목차

* 제91회 서정문학 소설부문 신인상 수상作

비둘기

비둘기가 싫다. 싫다는 표현으론 부족하다. 혐오, 소름이 끼칠 정도다. 내게 가장 심한 욕은 '새대가리', '비둘기 같은 놈'이다. 조류란 조류는 모두 싫지만, 비둘기를 유독 싫어하는 가장 큰 이유는 비둘기의 뻔뻔함이다. 비둘기는 사람이 흘리거나 버린 음식물을 마치 원래부터 주식으로 삼아온 것처럼 보인다. 심지어 사람의 위 胃에 들어갔다 나온 토사물 따위도 주저하지 않는다. 다른 새와는 달리, 사람이 다가가도 제집 앞마당인 양 거리거리를 점령하고 있는 것을 보자면 나도 모르게 욕지기가 나오고 마는 것이다.

오늘 아침 출근길도 그랬다. 집을 나서자마자 날 맞이한 건 비대한 비둘기 한 무리였다. '과연 날 수 있을까' 생각하면서 나도 모르게 비둘기 무리를 피해 다른 길로 향하고 있었다. 덕분에 타야 할 버스를 눈앞에서 놓쳤고, 서둘러 택시를 탈 수밖에 없었다. 오늘따라 택시기사는 유난히 말이 많았고, 택시는 신호마다 멈춰 섰다. 출근길 내내 답답함과 짜증, 불안감이 교차했다. 벌써 이런 경우가 몇 번째인지 세기도 힘들다.

출근 시간 직전이 되서야 사무실에 도착해 안도의 한숨을 쉬었다.

"이게 모두 비둘기 때문이야."

혼잣말을 읊조리고, 자리에 앉은 뒤에야 사무실 분위기가 심상치 않음을 느꼈다. 이미 업무시간이 시작됐지만, 직원들은 둘 셋씩 모여 웅성거리고 있었다. 주위를 살피던 중 마침 옆자리 입사 동기인 지원이 말을 걸어왔다.

"우리 계약 갱신 안 될 수도 있대요. 회사 사정이 너무 어렵다나 뭐라나."

"뭐?"

툴툴거리는 지원의 말을 듣자마자 눈앞이 캄캄해졌다. 어렵게 들어온 직장이다. '인-서울'도 아닌 어중간한 지방대학을 나왔지만, 20대 중반까지는 마음만 먹으면 무엇이라도 될 수 있다는 자신감 같은 것이 있었다. 30대를 코앞에 두고서야 그 자신감이 근거 없는 것이란 걸 느끼고, 세상을 바라보는 눈높이를 일부 하향조정할 수 있었다. 그렇게 들어온 회사다. 주변에 말하기 나쁘지 않은 정도의 인지도를 갖췄고, 지방치곤 괜찮은 월급을 주는 회사다. 정규직으로 채용된 것은 아니지만, 면접 당시 정규직 전환을 거의 약속받았기 때문에 알 만한 사람들에겐 이미 정규직인 것처럼 말해놓은 지 오래였다. 제대로 된 첫 직장에 안정감을 느껴가던 중이다.

"언니도 어이없죠? 아무래도 전 회사생활이 안 맞는 거 같아요. 계약 끝나면 다른 일 해야겠어요."

속없이 주절거리는 지원의 말이 전혀 귀에 들어오지 않은 건, 서로가 느끼는 현재 직장에 대한 무게의 차이였을 것이다. 지원은 구김살이 없다는 평을 곧잘 들었지만, 내 눈엔 철이 없어 보였다. 지원은 소위 '평생 먹고 살 걱정 없는 부잣집 막내딸'이라는 소문이 자자했고, 지원의 평소 옷차림과 씀씀이를 보자면, 그 소문은 부풀려졌다기보단 사실에 더 가까울 것이라 느껴졌다. 여기에까지 생각이 미치자, 지원에겐 이 상황이 시큰둥하게 느껴지지 않을까 하는 생각이 들었다.

말로 설명할 수 없을 만큼 커다란 상실감에 멀미가 난 것처럼 속이 울렁거렸다. 요즘 뭐하냐는 말에 취업 준비 중이라는 말로 대답하기엔 조금 늦은 나이였다. 지푸라기라도 잡는 심정으로 입사 면접 당시 나를 가장 마음에 들어 했던 타 부서 부장님에게 면담을 요청했다. 부장님은 안타까워하면서도 별다른 방법이 없다고 했다. 회사 사정은 정말 나쁜 게 맞고, 본인 부서에도 이제는 자리가 남지 않았다는 것이었다. 미련을 버리지 못하고 다시 부장님을 찾았을 땐, 앞서와 달리 곤란한 표정을 지으며 나를 돌려보냈다. 마치 내가 정도에 맞지 않는 무리한 요구를 하는 것처럼 반응했다.

입사까지 거쳤던 수없이 많은 과정이 무색할 만큼 계약종료는 눈 깜짝할 새 진행됐다. 인사과 직원은 앞뒤로 그럴싸한 말들을 늘어트려 말했지만, 결국 내가 1인분의 몫을 못 한다는 소리였다. 시키는 대로 일했을 뿐인데 인제 와서 그런 소리를 들으니 당황스럽기 그지없었다.

출근하지 않은 지 몇 주가 지난 어느 날, 지원에게서 연락이 왔다. 마지막으로 출근했던 날, 나를 안고 꼭 연락하겠다며 눈물을 글썽이던 것이 진심이었던 모양이었다. 지원은 그때 말한 대로 정말 다른 일을 시작했다고 했다. 아버지가 차려줬다는 지원의 카페 위치는 우리 도시에서 제일 번화한 사거리에서도 가장 목이 좋은 자리였다.

지원의 카페는 인테리어에 공을 들인 듯 입구부터 화려한 조명을 받은 대리석 바닥이 번쩍거렸다. 아버지의 지인들이 보낸 걸로 보이는 커다란 화환도 잔뜩 늘어서 있었다. 그리고 카페 카운터에는 뜻밖에도 승우가 지원과 함께 서 있었다. 승우는 지원과 내가 있던 팀의 대리, 그러니까 정규직 사원이었다. 나도 모르게 동그래진 눈을 봤는지 지원이 얼른 나섰다.

"언니, 말하려고 했는데. 저희 계약 그렇게 끝나고 오빠가 위로해 준다고 몇 번 같이 술 먹다가…. 그렇게 됐어요."

그렇게 말하며 지원은 쑥스러운 듯 배시시 웃었다. 계약이 끝난 건 나도 마찬가진데, 승우의 위로는 왜 지원에게만 향했을까. 꼭 붙어 팔짱을 끼고 있는 두 사람을 보자 그 앞에 멀뚱히 서 있는 내 모습이 바보같이 느껴졌다. 회사에 출근하면서 승우에게 몇 번인가 먼저 문자를 보낸 적이 있지만, 끝내 답장받지 못했다는 사실이 떠올라 더욱 그랬다. 그 사실을 지원이 모르고 있기를 바라며 다시는 카페에 찾아가지 않겠다고 마음먹었다. 계산하지 말고 먹고 가라는 지원의 살가운 권유를 적절한 말로 거절하고, 메뉴판에서 가장 비싼 메뉴를 골랐다. 이름도 외우기 어려운, 마카롱이 잔뜩 박혀 있는 프라푸치노였다. 허겁지겁 음료를 들이켜다 사레가 들려 컥컥거리던 와중에 승우와 눈이 마주쳤다. 승우는 마치 나를 배려하기라도 하는 듯 부자연스럽게 고개를 돌렸다. 얼굴이 금세 달아오르는 것이 느껴져 반쯤 남은 음료를 들고 다급하게 카페를 나섰다. 내가 나올 때는 이미 가게 안이 손님으로 꽉 차 있어, 지원과 제대로 인사를 할 틈도 없었던 것이 오히려 다행으로 느껴졌다.

분명 회사를 나오던 날까지만 해도, 아니, 지원의 카페에 가기 전까지만 해도, 의욕이 남아 있었던 것 같은데 그날 이후로 아무런 노력도 하고 싶지 않아졌다. 가만히 놀고 있는 것처럼 보이던 지원이 그럴싸한 카페 사장이 된 모습을 보자, 내세울 만한 경력도 만들지 못하고 회사에서 쫓겨난 내 모습이 더 초라하게 느껴졌다. 주변 친구들은 남의 속도 모르고 백수가 된 걸 축하한다며, 더 좋은 회사에 갈 수 있을 거라고 마음에도 없는 소리를 했다. 나도 회사에 다닐 때는 우스갯소리로 백수가 제일 부럽다던가, 회사 때려치우고 싶다던가, 하는 말을 달고 살긴 했지만 막상 정말로 계약이 종료되고 나니 아무 직업도 없다는 사실이 너무 부끄럽다 못해 수치스럽게 느껴졌다. 학생도 아니고, 공시생도 아니고, 직장인도 아닌 서른은 그저 초라할 따름이었다.

내가 바라는 것은 그렇게 커다란 무언가는 아니었다. 산 정상에 오른 것까진 아니더라도, 꽤 올라와 아래를 내려다보고 있다고 생각했는데 누군가 내 등을 떠민 것처럼 나는 바닥으로 떨어져 버렸다. 어린 시절부터 나를 끈질기게 쫓아왔던 불운이 다시 나를 찾아온 것이 분명했다. 초등학생 때는 무작위로 숙제 검사를 하면 어김없이 내가 걸려서 혼나기 일쑤였고, 중학생 때는 같이 다니던 무리에서 꼭 나만 다른 반이 되어 같이 다닐 무리를 새로 찾는데 꽤 애먹기도 했다. 그때 나와 친구가 되어준 것이 재희였다.

재희는 노는 애도 아니고, 그렇다고 모범생은 더욱이 아니었다. 제일 앞자리에 앉아 공부만 하는 아이는 아니었지만, 늘 모의고사 성적은 전교에서 손가락에 꼽을 정도였다. 껄렁거리는 아이들과 다니며 나쁜 짓을 하지는 않았지만 그들과도 스스럼없이 지냈고, 그 무리의 아이들도 재희를 무시하거나 함부로 굴지 않았다. 재희와 달리 나는 지극히 평범한 학생이었다. 성적도 어중간했고, 노는 무리의 아이들과 눈을 마주치는 것도 무서웠다. 대부분 선생님은 나를 '6반 재희 친구'로 기억했다. 재희는 나와 노는 와중에도 자기 길을 가고 있었고, 나는 마냥 재희와 노는 게 재밌기만 했다. 결국, 재희는 수능을 보기도 전에 누구나 이름을 들으면, '오'하고 감탄하는 서울의 좋은 대학에 합격했다. 학교 정문 앞에는 커다랗게 재희의 이름이 써진 현수막이 붙었다. 반면 나는 결과를 확인할 때마다 점점 기대가 떨어져 갔다.

어떤 감정은 숨길 수 없다. 나는 재희에게 느꼈던 배신감, 열등감 따위를 전혀 숨기지 못했다. 한편으로는 내가 어두운 감정을 드러낼 때마다 재희가 나에게 쩔쩔매는 것이 느껴져 묘한 쾌감을 느끼기도 했기 때문에, 구태여 숨기려고 노력하지 않았다고 하는 것이 맞을 것이다.

결국 재희는 나에게 아주 질려, 이별을 고했다. 친구 사이에도 이별이 있다는 걸 그때 알았다. 늘 다정했던 재희의 쌀쌀맞은 표정을 처음으로 보았을 때, 나는 그제야 재희가 그동안 나에게 베풀어 주었던 선의를 깨달았다.

졸업식 날 사람들 사이에 둘러싸여 있던 재희를 발견한 엄마가 큰 소리로 재희를 불렀다. 도저히 재희가 못 들을 수 없을 정도로 큰 목소리였다. 나는 엄마에게 그러지 말라는 말도 하지 못하고, 능청스럽게 재희에게 다가가지도 못한 채 엉거주춤 그 자리에 서 있었다. 운동장 가운데 있던 재희는 엄마의 목소리를 모른 척하지 않고 성큼성큼 구석에 있던 나에게까지 걸어왔다. 나는 재희가 제발 엄마에게

적당히 인사라도 해주기를 바라며 발끝만 뚫어져라 바라보았다. 재희와 눈을 마주칠 자신이 없었다. 재희는 입을 꾹 다문 채 엄마와 나를 번갈아 바라보았다. 어떻게 할까, 고민하는 것 같았다. 재희가 한참이나 인사를 하지 않자 엄마가 무안했는지 사진기를 꺼내 들었다. 그러자 재희는 순순히 내 옆에 섰다. 그제야 마음이 놓인 듯, 엄마는 웃으며 셔터를 눌렀고, 그 순간 비둘기 한 마리가 나에게 날아들었다. 보통 비둘기보다 두 배는 큰 놈이었다. 갑작스러운 습격에 나도 모르게 놀라 뒷걸음질 치다 엉덩방아를 찧고 말았다. 셔터는 이미 눌린 뒤였다. 한 장 다시 찍자는 엄마의 말에 재희는 대꾸 대신에 꾸벅 인사를 하고 뒤돌아섰고, 나는 재희가 다시 운동장 중앙으로 가고 나서야 일어나 몸에 가득 붙은 모래를 털었다.

밥을 먹으러 가서 엄마는 나에게 재희와 싸웠느냐고 물었고, 나는 밥을 입에 한가득 쑤셔 넣고 씹으며 대답을 피했다. 그날따라 질은 밥을 넘기려다 사레가 걸려 온 사방으로 밥풀이 튀었다. 기침 소리가 워낙 컸던 탓에 종업원이 들고 온 행주를 엄마가 뺏어 들고, 밥풀을 하나하나 누었다. 그리곤 나에게 물을 건네주었다.

그 이후로 엄마는 내 앞에서 다시는 재희 얘기를 꺼내지 않았다. 원래 엄마는 궁금한 게 있으면 질릴 때까지 물어서라도 알아내는 사람인데, 재희 얘기는 입에 담지도 않았다. 어쩌면 엄마는 큰 소리로 재희를 부른 걸 후회했을지도 모른다. 나중에 인화된 사진 속에서 재희는 곧게 서 있었고, 나는 비둘기보다도 더 비둘기같이 주저앉아 있었다. 그때부터 나는 비둘기가 싫어졌다. 3년간 제일 친한 친구였던 재희와 제대로 된 졸업사진 한 장 남기지 못하게 된 것이 전부 비둘기 탓인 것 같았다.

한 달이 다 되어가도록 빈둥거리던 무렵 우연히 재희를 다시 만날 기회가 찾아왔다. 동창에게서 재희의 외할머니가 돌아가셨다는 연락이 왔고, 나는 재희를 보러 가기로 마음먹었다. 오랜만에 재희를 보고 싶었다. 재희가 나를 달가워하지 않을 거란 생각은 했지만, 그래도 재희를 꼭 한 번은 보고 싶었다. 여전히 재희는 재희다운지, 아니면 재희도 시간이 지나 그저 그런 사람이 되었을지 내 눈으로 확인하고 싶었다.

장례식장의 위치는 J시에서도 아주 끝자락이라, 버스를 두 번 타고, 또 거기서 택시를 타고 나서야 도착할 수 있었다. 어렵게 도착한 장례식장은 제법 사람이 차 있었다. 재희라면, 그리고 재희의 가족이라면, 막연히 많은 사람이 찾아올 거라 지레짐작했고, 그 인파 사이에 끼어서라도 재희와 인사를 하고 싶었을 뿐이었다. 그런데 도착한 빈소의 풍경은 예상과 전혀 달랐다. 많지 않은 조문객들은 다들 나이가 많은 어르신이었고, 우리 또래 친구들은 보이지 않았다. 어색하게 부조금을 낸 후 조문하는 내가 눈에 띄었는지, 재희의 가족들은 나를 발견하고선 진심으로 반갑게 맞아주었다. 힘없이 앉아있던 재희는 고개를 돌려 나를 보고선 복잡한 심경이 된 듯 얼굴이 움찔거렸지만, 이내 다가와 가볍게 포옹하며 인사를 건네고, 가족들에게 고등학교 동창이라며 나를 소개했다.

"이렇게 와줘서 고마워. 어떻게 온 거야?"
"반장이 연락 돌렸더라고, 다른 애들은 왔다 갔나 보네?"
"아냐, 다들 못 온대. 워낙 멀기도 하고, 다들 바쁘니까."

그렇게 말하며 입만 웃는 재희의 얼굴은 어쩐지 수척해 보였다. 오랜만에 본 본 재희의 그 얼굴이 내 발걸음을 못 떼게 붙잡았다. 나는 결국 발인 날까지 장례식장을 지키게 되었다. 재희는 여러 차례 거절했지만 강하게 떠밀지는 않았다.

"재희가 친구 하나 잘 뒀네. 원래 한 명이라도 이런 친구가 있어야 하는 거야."

“아니에요, 당연한 거죠.”

재희네 가족들은 입이 마르도록 나를 칭찬했고, 재희는 정말 고맙다며 여러 번 내 손을 부여잡았다. 재희의 가족 사이에 둘러싸여 있으니 다시 재희의 가장 친한 친구가 된 것 같았다. 역시 장례식장에 오길 잘했다는 생각이 들었다.

며칠 후 먼저 연락이 온 건 재희였다. 재희는 괜찮은 퓨전 한정식집을 예약해 놓았다며 장소와 시간을 보내주었다. 식당에서 먼저 나를 기다리고 있던 재희는 장례식장에서 봤던 모습과 딴판이었다. 꾸준히 관리를 받는지 피부에서는 광이 났고, 몸에는 군살 하나 없었다. 재희는 직장생활의 고충을 털어놓았다. 재희의 말을 들어보면 재희의 상사는 어디서도 마주치고 싶지 않은 유형의 사람으로 보였다. 공로는 자신에게, 과실은 부하에게 돌리는 상사라고 했다. 아무것도 모르는 입사 1년 차나 2년 차 사원들의 반짝이는 아이디어를 자신의 것인 양 보고하고, 모른 척 입을 닦은 일이 한두 번이 아닌 모양이었다.

“그것뿐만이 아니야. 개인적으로 봐도 얼마나 얄미운 줄 아니? 다 같이 밥 먹으러 가면 꼭 자기 메뉴는 제일 싼 거 시켜서 따로 계산하고, 이것저것 사이드메뉴를 시켜서 그

건 더치페이한다니까."

"비둘기 같은 인간이네, 하는 것 없이 공으로 남의 것 가로채고. 그런 인간은 평생 남이 버린 찌꺼기가 쪼아 먹으며 살 거야. 신경 꺼."

내 말을 듣고 난 재희는 정말 그렇다며 깔깔거리고 웃었다. 재희는 내가 회사를 그만두게 된 이야기를 듣고는 꼭 자기 일처럼 화를 내주기도 했다. 흥분한 재희의 모습에 고등학교 시절로 돌아간 것 같아 조금 들뜬 기분이 되었다.

"은지야, 너 우리 집에 와서 지낼래? 아무래도 서울에 자리가 더 많잖아. 생활비 같은 건 걱정하지 말고. 사실 나도 서울에서 혼자 사는 게 외롭기도 하고, 무섭기도 해서."

불현듯 재희는 내게 자기 집으로 와서 살라는 제안을 했다. 나는 고민 끝에 고개를 끄덕였다. 충동적인 결정이었다. 이 도시를 벗어나고 싶었다. 재희가 살고 있는 서울로 가면 나도 재희처럼 자기 몫을 다 해내는 사람이 될 수 있을 것 같았다. 서울로 가는 버스표를 예매하면서 기대감에 부풀었다. 이번에 잘 해낸다면, 이제야말로 나를 쫓아다니던 불운을 떨쳐낼 수 있다고 되뇌었다.

재희의 집은 서울 외곽, 엘리베이터가 없는 3층이었다. 방 하나에 거실 하나, 두 사람이 살기엔 좁아 보였다. 잘 정돈되어 있었지만, 좁은 집에 꽉 차 있는 가구 때문에 썩 좋아 보이지는 않았다. 실망한 표정을 애써 감추고 집이 좋다며 영혼 없는 감탄사를 연달아 뱉었다. 재희는 낑낑거리며 작은 매트리스를 가지고 와 자신의 침대 옆에 놓았다.

"너는 여기서 자면 돼, 내가 침대 사기 전에 샀던 거야. 넓진 않지만 편하게 있어."

재희의 집을 보고 처음에 약간 실망했지만, 그래도 재희와 함께 잠드는 첫날 밤은 서울살이에 대한 부푼 기대로 잠이 오지 않았다. 수학여행이라도 온 것처럼 고등학생 때의 일을 떠들다 늦은 시간에 잠들었다. 물론 재희도 나도, 약속이라도 한 것처럼 졸업식 날의 일은 입에 올리지 않았다.

다음 날부터 바로 그만두던 날의 다짐을 되살려 열정적으로 이력서를 넣었다. 몇 년 전 준비했던 이력서에 추가할 것이라곤 첫 회사 경력 1년이 전부였던지라, 크게 수정할 것도 없었다. 그 고생을 해서 들어간 회사가 겨우 이력서 한 줄로 남은 것이 우스웠다. 나는 조건이 맞는 회사마다 이력서를 뿌렸다. 열 군데고 스무 군데고 지원했다. 열

군데 넣으면 한두 군데에서는 연락이 왔다. 나는 연락이 올 때마다 이미 합격이라도 한 것처럼 상기되었다. 면접 전날이면, 비로소 내가 서울의 회사에서 일하는 모습이 이미 눈에 보이는 듯했다. 우리 동네 사람들은 서울에 있는 회사라고 하면, 들어보지 못한 이름이라도 괜히 치켜세워 주곤 했다. 명절에 엄마가 내 자랑을 하는 상상을 하며 잠들었다.

그렇지만 그 상상이 이루어지는 일은 없었다. 나는 단지 자리 채우기 용 면접자인지, 면접관들은 나에게 호의적이지 않았다. 내가 졸업한 대학은 우리 지역에서 최고는 아니어도 제법 괜찮다는 소리를 듣던 학교였다. 그런데 서울 면접관들은 그런 이름은 들어본 적도 없다는 듯이 눈썹을 찌푸렸다. 그럴 때마다 풀이 죽기는 했지만, 차라리 눈썹을 찌푸리는 쪽은 다행이었다. 날이 서 있는 내용이긴 하지만, 질문을 하긴 했으니까. 정말 최악의 경우는 면접장에 들어가 한 마디도 꺼내지 못하고 돌아오는 날이었다. 결과가 뻔히 보이는 면접을 본 후 집에 돌아와 재희를 기다리는 일상이 반복되었다. 집에 들어오는 재희의 손에는 거의 매일 맛있는 냄새를 풍기는 봉투가 들려 있었다. 비닐봉지에 재희의 회사 이름이 찍혀 있을 뿐인데, 그것마저도 왠지 근사하게 느껴졌다.

"회사에서 시식하고 남은 거야. 너 먹으라고 가져왔어."

식품개발실에서 일하고 있는 재희는 아직 출시되기 전 신제품이나 혹은 기존 제품 리뉴얼 버전 등을 집으로 종종 가지고 오곤 했다. 가장 많이 가져왔던 건 피자였다. 살찌지 않는 피자를 만든다나 뭐라나. 이른바 다이어트 피자는 식감이 퍽퍽하고 소스 맛도 밍밍해서 돈 주고 사 먹지 않을 것 같았지만, 의기양양하게 피자를 내미는 재희 앞에서 그런 말을 꺼낼 수는 없었다. '내가 읽지 못하는 트렌드라도 있나 보다'라고 어림짐작할 뿐이었다.

몇 주가 지나자 면접 보러오라는 회사도 더는 없었다. 연락이 뚝 끊기고 말았다. 서울에는 회사가 끝도 없이 있을 줄 알았는데 그 끝을 내가 확인하게 될 것 같은 예감이 들었다. 그렇다고 뭣하나 이룬 것도 없이 다시 집으로 돌아가고 싶지는 않았다. 내가 서울에서 번듯한 직장에 다니게 될 거라고 굳게 믿고 있는 엄마, 서울에 갔으니 대기업에라도 취직하는 줄 알고 있는 친구들에게 둘러댈 말이라도 만들고 내려가고 싶었다. 사실 재희의 방에 있는 시간이 나쁘지 않았다. 재희는 여전히 친절했고, 남은 음식도 거의 매일 가져다주었다. 재희랑 계속 이렇게 살아도 좋을 것 같았다.

재희의 태도가 변했다는 걸 느낀 건 다이어트 피자가 출시를 앞두고 있던 어느 날이었다. 재희는 피자와 함께 찍어 먹을 디핑소스를 몇 가지 들고 왔다. 본 제품도 아니고 곁들여 먹는 소스니까 의견을 말해도 재희가 크게 기분 나빠하지 않을 거 같아 한마디 한 것이 화근이었다.

"맛있긴 한데, 좀 매콤한 맛이 있어도 좋겠다. 피자가 느끼하니까……."
"은지야, 내가 언제 너한테 충고해달라고 했어?"

재희는 미간을 찌푸리며 내 말을 끊었다. 딱히 뭐라고 대꾸할 말이 떠오르지 않아 입을 꾹 다물었다. 내가 아무 말도 하지 않자 재희는 금방 다시 평소의 다정한 표정으로 돌아왔다.

"우리 맥주 한잔할까?"
"응, 내가 사 올게."

재희는 자연스럽게 카드를 내밀었고, 나는 재희의 카드를 받아 들고 편의점으로 향했다. 4캔에 만 원짜리 수입 맥주를 골라 계산대로 향했다. 내 앞에서 계산하고 있는 커플이 보였다. 껄렁한 옷차림의 남자와 예쁘게 차려입은 여자가 대비되어 보였다. 그 모습을 보자 직전의 연애가 떠올랐다.

나보다 4살이 많았던 그 남자는 공시생이었다. 사실 그 시기에는 공시를 보겠다고 떠들고 있었을 뿐이지, 그의 꿈은 시시각각 바뀌었다. 지금 생각해 보면 한심할 따름이지만 그때는 그 남자의 자유로운 모습이 멋있어 보였다. 그는 공시를 준비하면서도 어느 날은 소방관이 되겠다고 했다가, 어느 날은 경찰이 될 거라고 했다. 내가 그와 이별을 결심하게 된 건 그의 카드 대금을 세 번째 대신 내주던 날이었다. 카드 대금 때문에 이별을 결심하게 된 건 아니었다. 그가 꿈을 이루기만 하면, 내가 그에게 해준 만큼 그가 곱절로 돌려줄 거라는 굳은 믿음이 있던 시기였기 때문이다. 그는 그날도 식당에서 밥을 먹고 나올 때 계산대 앞에서 딴청을 피웠다. 내가 계산하자마자 '내가 계산하려고 했는데'라며 나에게 엉기던 그는, 비둘기 깃털처럼 보이는 회색 트레이닝복을 입고 있었다. 비둘기 깃털을 뒤집어쓰고 있는 그가 능청스럽게 엉겨 붙는 모습은, 내 눈에 비둘기 그 자체로 보였다. 그리고 며칠 뒤 나는 그에게 이별을 고했었다.

지금 카운터 앞의 저 남자도 분명 그런 부류의 인간일 터였다. 속으로 혀를 차며 '그래도 내 신세가 저 여자보다는 낫겠다'라며 위안 삼았다.

맥주를 사 들고 집으로 들어가자 재희는 '달랑 맥주만 사

왔냐'라며 아쉬운 소리를 했다. 재희는 맥주를 한 캔 마시고 갑자기 피곤하다며 침대로 향했다. 나는 남은 맥주를 모조리 마시고 거실에서 잠이 들었다.

재희 집에 머물던 사이 계절이 바뀌었다. 추웠던 날씨가 어느새 포근해지고 있었다. 재희는 언젠가부터 집에 있는 내게 소소한 일들을 부탁하기 시작했다. 처음에는 재활용 쓰레기를 버리는 일이었다. 그 부탁을 듣고서야 내가 재희 집에 지나치게 편하게 있었다는 걸 깨달았다. 생활비 한 푼 내지 않고 재희의 집에 얹혀사는 신세니, 뭐라도 열심히 해줘야 할 것 같았다. 재희가 나간 사이에 재희가 부탁한 집안일을 하기 시작했다. 가끔은 그 밖에도 눈에 띄는 집안일을 해놓고 재희가 돌아오기를 기다렸다. 오랫동안 손이 닿지 않은 게 분명한 창틀을 걸레질하기도 하고, 기름때가 가득한 가스레인지를 윤이 나게 닦아놓기도 했다. 재희는 그럴 필요 없다며 취업 준비에 힘쓰라고 했지만, 말과는 다르게 표정은 무척 만족스러워 보였다. 대청소라도 해놓은 날이면 재희가 살갑게 말을 걸어주며 맥주를 마시자고 하기도 했다. 재희는 어느 날은 운동화를 빨아달라고 부탁하기도 했고, 어느 날은 수건을 삶아달라고 부탁하기도 했다. 재희는 특히 삶은 수건을 볕에 말려서 쓰는 걸 좋아했다. 출근시간이 이르기 때문에 아침에 빨래하기가 힘들어 혼자

산 뒤로는 그러지 못했다고 했다. 그 말을 들은 이후부터 나는 아예 빨래를 도맡아서 하기 시작했다.

처음에는 분명 한두 가지쯤 거드는 것으로 시작한 집안일이었다. 그런데 정신을 차려보니 점차 내가 맡은 일이 늘어나고 있었다. 어쩌다 개수대에 그릇이 쌓여있기라도 하는 날에는, 재희는 퇴근하자마자 그릇을 깰 기세로 설거지했다. 나더러 보라는 것이었다. 자주 문제가 되는 건 내가 아예 도맡아서 하기로 한 빨래였다.

"어, 은지야, 내 속옷 그냥 세탁기 돌렸어? 이거 손빨래해야 하는 건데, 그냥 두지."

"미안해, 나는, 내 속옷은 그냥 돌려서 입거든."

"괜찮아. 근데 와이어 틀어져서 나는 못 입겠다. 너 입을래?"

"아, 아니야. 나도 뭐…."

아무 생각 없이 내 속옷과 같이 재희 속옷을 세탁망에 넣어 돌린 날, 재희는 크게 화를 내지는 않았지만, 평소보다 일찍 등을 돌려 잠들었다.

다음날, 재희가 출근하고 나서 재희의 속옷을 내 가슴에 대보았다. 나보다 한 컵이 큰 재희의 속옷을 입자 컵이 붕 떠서 우스웠다. 반대로 팬티는 나한테 작아서 사타구니 살이 비죽비죽 새어 나왔다. 그래도 왠지 보풀이 진 내 속옷보다는 부드러운 재희 속옷이 좋아 보였다. 나는 재희의 브래지어와 팬티를 곱게 접어 재희가 마련해준 내 서랍 가장 구석에 넣어 놓았다. 언젠가 입을 일이 생길 수도 있을 것 같았다.

그날부터 나는 재희 속옷을 따로 손빨래했다. 손빨래는 내 하루에서 제일 중요한 일과 중 하나로 자리 잡았다. 이력서 쓰는 시간보다 재희 속옷 손빨래하느라 쪼그려 앉아 있는 시간이 더 많아졌다. 종종 곤란한 경우도 생겼는데, 그때마다 어찌해야 할지 고민하고 고군분투하느라 시간을 흘려보내기 일쑤였다. 하루는 재희가 생리혈이 약간 묻은 팬티를 벗어놓았다. 한참을 조물거리며 빨아내도 피가 가시지 않았다. 나는 재희가 또 속옷을 버리라고 할까 봐 걱정되어, 엄마에게 전화를 걸었다.

"엄마, 팬티에 피가 묻었는데…. 지워지지 않아."

"애는, 바보같이, 나이가 몇인데. 차가운 소금물에 담그고 빨아봐. 너 그런데, 취업 준비는 잘하고 있는 거야? 재희랑은 잘 지내? 아무리 친구라도 그냥 있지 말고, 네가 집안일은 조금씩 더 해."

"응, 알겠어, 재희가 잘해줘. 금방 취직도 할 거야."

나는 대충 둘러대고 전화를 끊었다. 깨끗해진 팬티를 베란다 빨래대에 널고 나니 갑자기 피로가 몰려왔다. 이력서는 내일부터 열심히 넣기로 다짐하며 잠들었다.

결심이 무색하게도 다음날도 재희가 출근한 뒤 한참 후에야 눈이 떠졌다. 메신저의 프로필 사진을 넘기며 구경하고 있는데 지원의 프로필 사진이 바뀌어 있었다. 승우와 함께 찍은 사진이었다. 메신저의 '숨김친구'에 들어가 있는 승우의 프로필 사진을 오랜만에 확인해보니 승우는 혼자 찍은 사진 그대로였다. 회사 사람들 시선 때문에 그랬겠거니 추측하면서도 기분이 나쁘진 않았다. 지원의 프로필 사진을 확대했다 줄였다 하며 포토샵 흔적을 찾고 있는데, 마침 지원에게 전화가 걸려 왔다. 나는 마치 못된 행동을 들키기라도 한 마냥 놀랐다.

"언니, 잘 지내요? 어쩜 서울 가더니 얼굴 보기도 어렵고."
"그렇지, 뭐……."

지원은 여전히 살가운 말투로 뚝뚝 끊어지는 내 말을 이어붙여 심폐소생술을 했다. 손님이 좀 줄었지만 그래도 여전히 바쁘다는 이야기, 승우가 퇴근 후 저녁 시간에 와서 많이 도와준다는 이야기 등을 흘려듣고 있는데 지원이 '아, 이 얘기 하려고 전화했지'라며 혼잣말하더니, 내게 물어왔다.

"언니, 그러지 말고 우리 가게 와서 아르바이트 안 해볼래요?"

"아르바이트?"

"네, 요즘 주말에 엄청 바쁘거든요. 그런데 믿고 맡길 사람이 없어서요. 언니 엄청 꼼꼼하고, 커피 맛도 잘 알잖아요? 본가에 가서 자기 불편하면 우리 집으로 와도 돼요."

지원은 괜찮은 직원을 구하지 못해 자신이 일주일을 꼬박 일하고 있어 잠이 부족하다며 우는소리를 했다. 마침 회사에 다니면서 모았던 돈을 조금씩 까먹는 것도 슬슬 불안하던 차였다. 지원이 나를 치켜세워 주는 것도 기분이 제법 괜찮았다. 어쩐지 나를 존중해 주고 내 능력을 인정해 주는 것만 같았다. 마침 내일이 주말이었다. 곧바로 고향으로 가는 버스표를 예매했다. 재희에게는 고향에 다녀오겠다는 문자만 남겨놓았다.

분명 출발하기 전까지는 지원의 칭찬으로 인해 자신감이 가득했는데, 막상 카페에 들어가려고 하자 가슴이 쿵쾅거렸다. 괜히 가서 또 바보같이 굴어서 지원에게마저 비웃음을 사면 어쩌나 하는 걱정도 됐다. 혹시 승우가 있을지도 모른다고 생각하니 더 그랬다. '핑계를 대고 다시 돌아갈까, 어쩌지', 고민하며 발걸음을 못 떼고 있을 때 멀리서 지원의 밝은 목소리가 들려왔다.

"언니!"

몇 달 만에 만난 지원은 여전히 생글생글 웃으며 반갑게 나를 맞아주었다.

"갑자기 부탁했는데 이렇게 와줘서 정말 고마워요. 사실은 예전부터 언니한테 말하고 싶었거든요. 그런데 언니가 서울로 가버려서 기회를 놓쳤지 뭐예요."
"그랬어? 난 몰랐네……."

아버지 돈으로 아무 생각 없이 연 카페라고만 생각했는데, 지원은 제법 공부를 많이 한 티가 났다. 그래서인지 예상보다 카페 일은 더 재밌었다. 지원이 사근사근 말해주는 레시피는 귀에 쏙쏙 들어왔고, 결과물도 그럴싸했다. 지원은 역시 내가 잘할 줄 알았다며 진심으로 기뻐했다. 주말 내내 바쁘게 움직이고 서울로 돌아가는 길은 어쩐지 상쾌했다.

"집에는 잘 갔다 왔어?"

"으응, 내일부터는 다시 열심히 이력서 넣어보려고…."

"그래, 쉬엄쉬엄해."

재희에게도 아르바이트 얘기를 해줘야 하는데 왜인지 목에 뭐라도 걸린 것처럼 말이 쉽게 나오지 않았다. '취업 준비는 안 하고 푼돈이나 벌려고 아르바이트를 하냐'며, 재희가 핀잔을 주는 모습이 자연스럽게 그려졌다. 재희에게 말하면 왠지 카페에 가지 못하게 될 것 같은 우려가 들기도 했다.

카페에서 보내는 시간은 내내 즐거웠다. 땀 흘려 일하는 것이 오히려 몸에 활력을 돋게 해주었다. 그동안 집안일 외에는 할 게 없었는데, 카페에서 내 가치를 인정받은 듯해 괜스레 뿌듯했다. 지원은 내 말을 유심히 들어주었고, 내 의견을 반영해 레시피를 바꾸기도 했다. 지원의 말에 따르면 나는 감각이 있다고 했다.

몇 주 뒤 유난히도 바빴던 토요일, 기진맥진한 나를 지원이 붙잡았다.

"언니, 몇 주간 언니 덕분에 주말에 너무 편했어요, 진짜 고마워요."

"뭘, 아냐."

처음에는 인사치레나 하려나 싶었다. 그런데 지원은 예상치 못했던 이야기를 꺼냈다.

"혹시 정식으로 카페에서 일해 볼 생각 없어요? 매니저로요, 카페를 믿고 맡길 사람이 필요해서 그래요."
"뭐? 갑자기 무슨…. 내가 어떻게 해,"
"언니, 감각 있어요. 언니가 꼭 다른 일 하고 싶다면 어쩔 수 없지만 제가 봤을 땐 언니도 여기 일할 때 즐거워 보여요."

조금 생각할 시간이 필요하다는 나에게, 지원은 커다란 눈을 깜빡이며 꼭 부탁한다고 말했다. 지원과 헤어지고 서울로 올라오는 길에도, 나는 괜히 으쓱해져 버스에 타면서 기사 아저씨에게도 눈인사했다. 아저씨는 별 반응 없이 힐끔거리고 말았지만 개의치 않았다. '언니가 필요해서 그래요'라는 지원의 말이 어깨를 부풀려 놓은 덕분에 자신만만했다. 그동안 일했던 어떤 곳에서도 내 존재는 나는 법을 잊은 무리 속 비둘기와 다름없었다. 그러나 지금 이 순간만큼은 어디로든 내가 원하는 곳으로 날아오를 수 있는 새가 되었다.

서울에 돌아왔을 때, 재희는 방에서 유튜브를 보고 있었는지 내가 온 것도 모르는 듯했다. 내가 옷을 갈아입고 방으로 들어가자 그제야 재희가 귀에 꽂은 무선이어폰을 빼고 고개를 빼꼼 들었다.

"요즘 집에 자주 가네?"

"응, 그게, 나 요즘 아르바이트하거든."

"아르바이트?"

재희는 아르바이트라는 단어를 듣자마자 눈을 치켜떠 나를 빤히 쳐다보았다. 재희가 저런 시선으로 나를 빤히 쳐다볼 때면 잘못이 없어도 잘못한 것 같고, 미안한 게 없어도 미안하다고 말해야 할 것 같은 기분이 들었다. 변명하듯 그동안의 일을 재희에게 털어놓았다. 재희의 미간이 더는 구겨질 수 없겠다는 생각이 든 순간은, 지원에게 매니저 자리를 제안받았다고 말했을 때였다.

"말 못 해서 미안, 너 바빠서."

"뭐? 너 취업 안 된다고 아무 일이나 할 거야? 그런 말 들을 거 없어, 무시해. 네가 취업을 못 하니까 그런 애들이 너

무시하는 거 아니야. 다시 그 후진 동네 가서 살 거야?"

재희는 지원의 말을 전해 듣자마자 날이 선 목소리로 버럭 소리를 질렀다.

"안 그래도 거절하려고 했어……."

재희는 내 대답이 영 뜨뜻미지근하다고 느꼈는지 뭐라고 더 말을 하려다 말고 다시 무선이어폰을 귀에 꽂았다. 재희의 무선이어폰은 노이즈 캔슬링이 되는 모델이 아닌데도, 재희는 이어폰을 꽂으면 아무 소리도 들리지 않는 것처럼 굴었다. 재희가 이어폰을 귀에 꽂는다는 건 이제부터 잘 때까지는 말 걸지 말라는 뜻이었다. 재희의 등을 바라보며 '후진 동네'라는 말을 곱씹어 본다. 분명 내심 우리 동네보다는 서울에서 살고 싶은 마음에 여기까지 오긴 했지만, 그래도 난 우리 동네가 그렇게 후지다고 생각하진 않았다. 카페에서 일하면서 만났던 동네 사람들은 다 친절했었다. 지원과 함께 개발한 신메뉴를 테스트해 보던 날, 어떻게든 도움이 되고자 이런저런 의견을 남겨주던 손님들의 얼굴이 떠올랐다.

다음 날 아침도 내가 눈을 뜨자 재희는 집에 없었다. 대신 재희가 남겨놓고 간 포스트잇이 보였다. '나 세탁소에서 옷 좀 찾아줘, 꼭'. 구태여 '꼭'이라는 말을 쓴 걸 보니, 내일 필요한 옷인 것 같아 세탁소로 나섰다. 지원에게 아침부터 몇 통인가 전화가 걸려 와 있는 걸 봤지만, 아직 대답을 정하지 못해 답은 잠시 뒤로 미루기로 했다. 점심때가 다 되어가는 시간이라 그런지 햇볕이 따갑게 내리쬐었다. 집 앞 거리에는 온통 비둘기 무리가 어젯밤 대학생들의 치열했던 술자리 흔적으로 남은 토사물을 쪼아 먹고 있었다. 내가 가까이 다가가자 비둘기들은 미동도 하지 않고 나를 멀뚱히 쳐다보았다. 멍하다 못해 멍청하게 보이는 작은 새들이 오늘따라 어쩐지 친근하게 느껴졌다.

비둘기 무리와 달리 서울 거리는 아무리 다녀도 눈에 익지 않았다. 재희의 집으로 들어온 지 어느새 반년이 넘어가고 있는데도 서울에 살고 있다기보다는 그저 잠시 머무르고 있는 것 같았다. 낯설다는 것이 기분 좋을 때도 있었다. 서울에 처음 왔을 때는 분명 그런 설레는 감정이 들었다. 그래서 재희의 변덕스러운 다정함에도 의지할 마음을 먹을 수 있었다. 하지만 그 낯섦이 너무 오래 지속되면 더는 설레는 마음 따위는 들지 않게 된다. 재희와의 관계도 그랬다. 재희에 대해 오늘은 다 안 것 같다가도, 내일이면 다른 재희와 만나는 것 같았다. 그런 낯섦 때문에 나는 서울을 동경하듯이 막연히 재희를 동경해 왔는지도 모른다.

세탁소에서 찾아온 재희의 새하얀 블라우스가 햇빛을 받아 반짝거렸다. 집 앞에는 아까 그 비둘기 무리가 여전히 그 자리를 지키고 있었다. 비둘기 옆에 서서 숨을 크게 들이마셨다. 썩 맑지 않은 서울의 공기나마 가슴에 가득 차는 듯했다. 숨을 다시 크게 내뱉고 지원에게 전화를 걸었다. 지원의 컬러링이 명랑하게 울렸다. 뜻은 모르지만 익숙한 팝송이었다. 컬러링이 끝나고 들려올 지원의 목소리도 분명 내가 아는 소리일 터였다.

냄새

1

식품개발부서 팀장인 B는 A사의 전설 같은 존재였다. 그녀가 만든 제품은 출시되는 족족 완판을 기록했다. A사의 창립 초기부터 줄곧 스테디셀러인 '그대로 김밥' 역시 B 팀장의 손에서 탄생했다. A사가 운영하는 친환경 매장에서 파는 '그대로 김밥'은 한창 인기 있을 때는 아침부터 엄마들이 줄을 서 사 갈 정도였다. 한정 수량으로 판매하는 김밥에는 유기농 채소와 무항생제 돼지고기로 만든 햄, 넓은 축사에서 건강하게 자란 닭들이 당일 산란한 자연 방사 유정란으로 만든 계란지단이 들어갔다.

요즘 B 팀장은 아이들이 싫어하는 채소류와 음식 재료를 거부감 없이 먹을 수 있는 이유식을 개발 중이다. 실력만큼이나 지독한 성격을 가진 B 팀장은 육십이 훌쩍 넘어 칠십을 바라보는 나이에도 기운이 넘쳤다. 과거, B 팀장을 견디지 못해 퇴사한 직원들의 수는 셀 수도 없었다.

그녀는 책상 위가 너저분하거나, 주변이 어지러운 것을 참지 못했다. 그런데 그 기준이 자신뿐만 아니라 타인에게도 적용되는 것이 문제였다.

"안 좋아, 안 좋아."

그녀는 마음에 안 드는 일이 생기면 입버릇처럼 이렇게 말했다. 그녀가 '안 좋아'라며 운을 떼는 순간, 다른 직원들은 모두 긴장하기 시작했다. 그녀는 소리에도 민감했다. 직원들이 업무상 나누는 대화마저도 견디지 못해 늘 '시끄러워, 시끄러워 죽겠네'라며 고개를 도리도리 젓곤 했다. 무엇보다 그녀가 가장 참지 못하는 것은 냄새였다. 직무 특성 탓도 있을 텐데, 인위적인 냄새를 맡으면 시식하는 데 방해가 된다고 했다. 직원들의 향수 냄새에 질색해 향수를 뿌리지 못하게 했다. 그녀와 같은 사무실을 쓰는 직원들의 불만이 점점 커지고, 몇 년 전 회사는 그녀에게 특실을 배정했다. 그녀는 3사무실에 홀로 배정되었다. 3사무실은 회사

내 가장 큰 1사무실보다는 작고, 1사무실보다 작은 2사무실보다도 조금 더 작았다. 3사무실은 촬영실로 쓰였는데, 촬영팀 규모가 커지면서 다른 건물로 세를 얻어나간 뒤 한동안 비어 있었다. 직원들의 점점 커지는 불만에 이사장이 3사무실을 대안으로 떠올린 것이다. 홀로 사무실을 쓰게 된 B 팀장은 아주 기뻐했지만, 직원들은 그녀가 드디어 유배당했다며 수군거렸다. 그 직원들은 마침내 B 팀장이 눈에 보이지 않자, 안도하는 눈치였다.

2

B 팀장의 악명이 직원들 머릿속에서 희미해질 무렵, 모두에게 썩 반갑지 않은 소식이 들려왔다. 2사무실에 공사가 필요하다는 것이었다. 2사무실 직원들은 임시방편으로 3사무실에 머물 수밖에 없었다.

"공사 최대한 빨리 끝내라고 했습니다."

이사장이 B 팀장을 달래듯 말했다. B 팀장은 '안 좋아, 안 좋아', 중얼거리면서도 더 이상의 말을 하지는 않았다. 3사무실에 오게 된 직원들은 모두 B 팀장을 경험해 본 적이 없는 어린 직원들이었다.

B 팀장의 '꼬장'은 첫날부터 시작되었다. 직원들의 자리 배치부터, 서랍 위치까지 참견했다. '내일부터 향수를 뿌리지 말라'는 엄포도 빠트리지 않았다. 어린 직원들은 입을 삐죽거리면서도 별수 없이 그녀의 말에 따랐다. 깨진 얼음처럼 날카로운 그녀의 목소리를 계속 듣고 싶지 않았기 때문이다. 그녀는 자기 말에 반응할 때까지 카랑카랑한 그 목소리를 멈추지 않았다.

다음날은 에어컨이 문제였다. 그녀는 창문만 열어도 시원하다며 에어컨을 틀지 못하게 했다. 그녀의 자리는 창가 옆이라 시원하겠지만, 다른 직원들은 후덥지근한 한여름의 공기에 숨이 막힐 지경이었다. 더군다나 2사무실보다 작은 3사무실은 직원들 간 책상 간격도 더 좁혀놓았다. 견디지 못한 누군가가 에어컨을 틀기라도 하면 삼십 분도 지나지 않아 그녀의 입이 열렸다. '안 좋아, 얼어 죽겠어.'

한여름에 꺼져 있는 에어컨에 적응하기는 쉽지 않은 일이었다. 직원들 사이에 원성이 커졌다. 다만 3사무실로 함께 쫓겨 온 막내 여직원 효림은 땀을 뻘뻘 흘리면서도 다른 사람들처럼 그녀를 아주 싫어하지 않았다. 썩 좋아하지 않는 반찬이 나와도 '아쉽다'라며 밥을 먹는 것처럼, 딱 그 정도의 감정이었다. 원래가 효림의 감정은 어떤 경우에도 흘러넘치지 않았다. 효림의 친할머니는 효림에게 늘 '지 엄마

닮아서 그런지 영 살갑지 못하다', '애들 같지 않다'라며 나무랐지만, 없는 감정을 만들어 낼 수는 없는 노릇이었다. 엄마는 효림이 고등학교를 졸업하자마자 아빠와 이혼을 선언하고 외국으로 떠났다. 육아 때문에 포기했던 자신의 꿈을 찾아야겠다고 말하는 엄마를 아빠는 잡지 못했다. 효림은 부모님의 이혼이 크게 슬프지는 않았지만, 깔끔한 성격의 엄마가 떠난 뒤 집 안이 지저분해진 것은 조금 아쉬웠다. 엄마를 대신해 할머니가 집안일을 봐주러 종종 집을 찾았지만, 할머니가 아무리 열심히 청소해도 엄마가 있을 때 같지는 않았다.

에어컨 가동 문제로 직원들의 원성을 더 이상 견디지 못한 이사장은 B 팀장에게 사정해 가장 더운 시간에만 에어컨을 켜는 것에 대해 허락받는 것에 성공했다. 에어컨을 킬 수 있게 된 뒤로 B 팀장에 대한 원색적인 비난은 조금 줄어들었지만 그뿐이었다. 직원들이 B 팀장에 대해 표현하는 단어가 열 가지라면 그중 아홉 개는 부정적인 표현이었다. 효림도 직원들을 따라 고개를 주억거렸다. B 팀장은 그런 사실을 영 모르는 것 같았다.

3

효림은 퇴근한 뒤 우연히 B 팀장을 발견했다. 남자친구와 공원을 산책하던 중이었다. 효림은 사귄 지 오래되지 않은 남자친구에게 큰 흥미는 없었다. 굳이 분류하자면 호감에 가까웠기 때문에 그의 고백을 거절하지는 않았으나, 그가 매일 잠들기 전 강요하듯 보내오는 열렬한 사랑의 단어들은 부담스러웠다. 효림은 그와 같이 걸으면서도 주변에 더 시선을 두었다. 효림의 시선에 B 팀장이 걸린 순간 효림은 화들짝 놀랐다. 마치 어린아이들이 유치원 선생님을 밖에서 마주치면 금방 알아채지 못하는 것처럼, 낯익은 얼굴에 눈이 갔다가 뒤늦게 B 팀장임을 깨달았기 때문이었다. 그녀는 젊은 청년들처럼 휴대폰을 만지며 걷지도 않았고, 더 나이 든 이들이 그러듯이 팔을 힘차게 휘저으며 경보를 하지도 않았다. 그녀는 맨발로 사막을 걷는 여행자처럼 아주 조심스럽게 한 걸음 한 걸음 발을 내딛고 있었다.

그녀의 걸음에 시선을 빼앗긴 효림을 다시 끌어당긴 것은 남자친구였다. 땀으로 끈적거리는 그의 팔이 효림의 팔에 닿자 효림은 자신도 모르게 얼굴을 찌푸렸다. 남자친구는 효림의 표정을 보지 못한 것 같았다. 둘은 B 팀장을 뒤로 하고 늘 그랬듯이 그의 집으로 향했다. 묵은 담배 냄새와 버리지 않아 쌓여있는 음식물 쓰레기 냄새가 나는 그의 작은 방은, 효림에게 좋아하지 않는 반찬에 더 가까웠다.

긴 수험생활 끝에 공무원 시험에 합격한 남자친구는 돈 한 푼 쓰지 않고 데이트를 할 수 있는 장소가 있는데, 굳이 밖으로 나갈 필요가 없다고 생각했다. 침대 모서리에서 휴대폰을 만지던 효림은 방 안의 냄새와 자신에게 지분거리는 남자친구의 땀 냄새가 겹치자 코로 숨을 쉬는 것을 멈추고 입으로 숨을 '후우'하고 뱉었다 삼켰다. 자정이 다 되어 남자친구가 얼렁뚱땅 효림의 손에 쥐여 준 쓰레기봉투를 들고 나가면서 효림은 왜인지 B 팀장이 떠올랐다.

다음 날 효림은 새벽같이 출근해 일에 몰두하고 있는 B 팀장을 보며, 어제 자신이 본 것이 그녀가 맞는지 확인하고 싶어졌다. 결국, 효림은 그녀에게 말을 걸었다. 처음 있는 일이었다.

"팀장님, 어제 가람공원에 가셨었나요?"

그녀는 효림이 말을 건 상대가 자신이 맞는지 확인하는 듯 효림을 잠시 바라보았다. 이내 모니터로 다시 시선을 돌린 그녀가 대답했다.

"그래, 거기가 사람도 많이 없고 깨끗하거든. 어디든지 사람이 많이 모이면 더러워지는 거야. 여기도 봐, 나 혼자 있을 때는 얼마나 깔끔했는데 지금 이 꼴이 뭐냔 말이야."

"네에, 주의할게요."

싱거운 대화가 끝나고 효림은 다시 자리로 돌아왔다. 효림의 옆자리에 앉은 사수가 왜 말을 걸었느냐는 듯 효림을 툭 쳤다. 효림은 어깨를 으쓱하고는 다시 모니터로 시선을 옮겼다.

4

며칠 뒤 주말에 효림은 다시 가람공원을 찾았다. 이번엔 남자친구 없이 혼자였다. 효림은 그녀의 걸음걸이를 떠올리며, 바닥의 질감을 느끼기라도 할 것처럼 천천히 걸었다. 공원에서는 약간의 풀 냄새와 바람 냄새가 났다. 남자친구와 왔을 때는 그의 냄새에 묻혀 미처 알아채지 못한 냄새였다. 효림은 그 이후 주말이면 종종 혼자 공원을 찾았다. 저녁의 공원과 달리 낮에는 아기 엄마들이나 젊은 커플들이 돗자리를 깔고 김밥과 음료수, 도시락 같은 걸 먹고 있었다. A사 매장에서 판매하는 '그대로 김밥'도 종종 눈에 띄었는데, 효림은 자기가 만든 김밥은 아니지만 괜히 반가운 마음이 들었다. 가끔 B 팀장을 발견하는 일도 있었지만 구태여 말을 걸지는 않았다. 효림은 B 팀장 뿐만 아니라 직장 동료를 밖에서 마주치면 모른 척해왔다. 직장에서 아무리 친한 사이라도 마찬가지였다. 직장동료에게 직장 밖에서의 모습을 보여주는 것은 벗지 말아야 할 옷을 한 꺼풀 벗는 일 같았다.

효림에게 공원을 찾는 일이 일상이 되었을 무렵이었다. 공원을 걷고 있던 효림에게 긴 머리의 노숙인이 다가왔다. 정돈되지 않은 긴 머리와 누더기에 가까운 옷을 입은 남자는 누가 보아도 거리에 사는 사람이었다. 그 남자가 가까이 다가오자 남자친구의 방에서 맡았던 것과는 비교도 되지 않는 악취가 느껴졌다. 관리가 잘되지 않는 술집 공중화장실의 바닥에 코를 대고 맡으면 날 것 같은 지독한 냄새였다. 효림은 남자친구의 집에서 그랬던 것처럼 코로 숨 쉬는 것을 멈췄다. 남자는 느릿느릿 입을 열었다. 남자의 입 안에 남아 있는 이의 수가 빠진 이의 수보다 적게 보였다.

“동전 좀 있으면 주세요.”

효림은 마침 가방 속에 남아 있던 몇 개의 동전이 떠올랐다. 효림이 가방을 뒤지는 동안 남자는 어디에 시선을 두고 있는지 모를 흐린 눈을 하고 있었다. 효림은 간신히 가방

바닥에 있던 몇 개의 동전을 찾아 남자의 손에 건넸다. 혹여나 남자와 손이 닿지 않도록 조심하면서 말이다.

"미안해요."

남자는 고맙다는 말 대신 미안하다는 말을 건네고 다시 뒤돌아갔다. 남자의 주머니에는 내용물이 반쯤 남은 소주병이 금방이라도 떨어질 것처럼 덜렁거렸다. 효림은 그 소주병이 바닥으로 떨어지면 남자의 눈빛이 변할지 궁금했다. '와장창', 소주병이 깨지면서 낼 큰 소리에 어딘가로 떠난 남자의 정신이 돌아올지 말이다. 남자가 멀어졌는데도 코에 깊이 박힌 것처럼 가시지 않는 악취에, 효림은 집으로 돌아가 샤워라도 하고 싶었다. 남자의 악취가 효림의 몸 구석구석에 스민 기분이었다. 그러면서도 효림은 남자에게서 눈을 떼지 못했다. 남자는 계속해서 공원을 서성거렸다. 그때 B 팀장이 나타났다.

남자는 B 팀장에게 다가갔다. 효림은 하필 더러운 것이라면 질색하는 B 팀장에게 가다니, 그 남자가 운이 없다고 생각했다. '인정이 많은 이에게 갔으면 좋았을 텐데' 생각하며 효림은 둘을 주시했다. 조금 떨어진 거리에 있어 소리가 들리지 않았지만, 남자는 B 팀장에게도 같은 말을 한 것이 분명했다. B 팀장이 가방을 뒤적거렸기 때문이었다. 아예 무시할 줄 알았는데 B 팀장도 얼마의 돈을 쥐여 주려는 모양이었다. 효림은 의외라고 생각하며 조금은 놀랬지만, 더 놀란 것은 B 팀장의 다음 행동이었다. 지갑에서 몇 장의 지폐를 꺼낸 B 팀장은 그 남자의 손에 직접 쥐여 주었다. 그러고는 남자에게 무어라고 한참 말을 하는 것 같았다. 효림은 B 팀장이 누구보다도 냄새와 청결에 예민한 것을 알고 있었기 때문에 그 장면이 이질적으로 느껴졌다. 손에 지폐를 쥔 남자는 곧 공원을 빠져나갔다. B 팀장은 가방에 있던 손 소독제를 꺼내 손을 닦고선 무슨 일이 있었느냐는 듯 평소대로 공원을 거닐었다. 효림은 집으로 가면서도 계속 그 남자의 손과 B 팀장의 손이 겹치던 순간이 떠올랐다.

다음 날 효림은 B 팀장을 공원에서 처음 만났을 때처럼 다가가 말을 걸었다.

"팀장님, 뭐라고 말씀하신 거예요?"

"뭐? 무슨 소리 하는 거야?"

"어제 공원에서, 그 남자한테요."

"으응, 꼭 가서 씻으라고 했지. 머리도 좀 자르든가 묶든가 하고 말이야. 난 지저분한 거 딱 질색이야. 효림 씨, 효림 씨도 자리 좀 치워. 깔끔한 것 같더니 요즘 보면 또 영

아닌 것 같아."

5

효림은 출근길에 남자친구에게 이별 통보를 했다. 여전히 뜨거운 그의 애정 표현에, 마음에도 없는 대답을 하느라 유독 늦게 잠든 다음 날이었다. 효림은 버스에서 꾸벅거리며 졸다가 내려야 할 정류장을 놓친 사실을 깨달았을 때, 이별을 결심했다. 남자친구는 마지막으로 얼굴이라도 보고 얘기하자며 매달렸다. 계속해서 전송되는 그의 메시지가 효림에게는 너무 뜨거워 혀에 화상을 입히는 국물 같았다.

둘의 관계처럼 사무실 공사도 마무리 단계에 이르고 있었다. 사무실 사람들은 B 팀장이 없을 때는 습관처럼 그녀에 대해 투덜거렸지만, 그녀에게 제법 적응한 듯 보였다. 왁자지껄 떠들던 와중에 문득 침묵이 맴돌 때면 B 팀장은 좋은 대화 소재가 되었다. B 팀장은 예상 밖의 말로 직원들의 인상을 찌푸리게 했지만, 더위를 유난히 많이 타는 직원은 그녀 몰래 에어컨을 켰다 끄는 데 도사가 됐고 책상이 유독 지저분해 그녀의 잔소리를 가장 많이 듣던 직원은 자질구레한 비품들을 모두 숨겨놓을 수납함을 마련했다. 그래도 이별은 홀가분한 일이었다.

퇴근 후 효림은 공원으로 향했다. 막상 퉁퉁 부은 눈으로 효림을 기다리는 남자친구의 얼굴을 보자, 단칼에 헤어지자고 하기 쉽지 않았다. 둘은 마지막으로 공원을 걷기로 했다. 남자친구는 효림이 만났던 중 가장 느리게 걸었다. 그는 평소 가지 않던, 공원의 외진 구석 산책길까지 효림을 이끌었다. 산으로 이어지는 산책길에서 불쾌한 냄새가 스멀스멀 올라왔다. 그때 그 노숙인의 냄새였다. 잊히지 않을 냄새였기 때문에 효림은 바로 그 노숙인이 이곳에 있음을 알아챘다. 코를 뚫고 들어오는 냄새가 그때보다 더 강렬해진 듯했다. 효림은 두리번거리며 냄새의 근원지를 찾았다.

구석에 놓인 벤치에 누워 있는 그의 모습이 보였다. 어서 그 자리를 벗어나려고 걸음을 재촉하는데 아무래도 그의 모습이 좀 이상했다. 숨을 쉬기만 해도 느껴지는 작은 미동조차도 보이지 않았기 때문이다. 효림은 남자친구의 손을 이끌려 그에게로 다가갔다. 남자친구도 이상함을 느꼈는지 그의 코 밑에 손을 댔다. 남자친구는 사색이 된 얼굴로 숨이 느껴지지 않는다고 했다. 경찰을 부르고 기다리는 동안 효림은 밀려오는 토기를 참지 못하고 멀찍이 떨어져 몇 번이고 속을 게워냈다. 남자친구는 효림의 등을 두드려 주고, 효림의 토사물 정리까지 도왔다. 이내 경찰차와 구급차가 도착했고 그의 사망 사실이 비로소 확인된 후 둘은 집으로 돌아갔다.

집에 와서도 그 냄새가 코에서 떠나질 않았다. 그 노숙인을 처음 봤을 때처럼 집에 오자마자 샤워를 했는데도 냄새는 그대로였다. 마치 효림의 폐 속에 그 냄새가 스며든 듯했다. 그가 살아있을 때보다 더 지독한 냄새였다. 효림은 숨을 쉴 수록 진해지는 냄새로 인해 한참 동안 잠들지 못했다.

6

효림은 평소보다 무거운 발걸음으로 출근길에 올랐다. 어제 일로 얼결에 이별이 미뤄진 남자친구에게서 효림을 위로하는 메시지가 계속해서 오고 있었지만, 효림은 미리보기로 내용만 확인한 채 답을 하지 않았다. 효림은 그보다 B 팀장에게 어제 공원에서의 일을 어떻게 전해야 할지가 고민이었다. 출근하는 대로 B 팀장에게 그 일을 얘기할 참이었다.

크게 마음을 먹고 문을 연 사무실은 평소와 달리 소란스러웠다. 예정보다 공사가 빨리 끝나 오늘로 이사가 당겨졌다고 했다. 먼저 온 직원들이 짐을 챙기느라 바쁘게 움직이고 있었다. B 팀장은 짐을 싸는 사람들을 좇아다니며 잔소리하고 있었다. '쓰레기를 꼭 챙겨가라', '지저분한 거 남겨놓고 가지 마라' 등의 이야기였다. 바로 옆 사무실로 옮기는 거지만, 한동안 함께 했던 사람들이 다시 자리를 옮기는

데 마지막까지 하는 얘기가 쓰레기 타령이라니, 역시 B 팀장다웠다. 출근 시간이 다 되어 사람들이 하나둘 들어오고, 다들 짐을 싸고 책상을 옮기기 시작했다. 효림도 자리를 정리했다. 어쩐지 이사 올 때보다 짐이 늘어난 것 같았다.

"우리끼리 있으니까 진짜 좋다."

이사를 마치고 사수가 웃으며 말했다. 효림은 늘 그랬듯 건성으로 맞장구를 쳤다. 어차피 사수가 바라는 것도 그 정도의 반응이었을 것이다. 이사로 보낸 시간 때문에 일이 바빴다. 효림은 B 팀장에게 어제 일을 말하는 것은 다음으로 미루기로 했다.

집에 돌아가며 생각해보니 효림은 B 팀장이 그 노숙인이 왜 죽었는지 정도는 알고 있어야 할 것 같았다. 'B 팀장에게 어제 일을 전하면 오히려 되물을 수도 있는 일 아닌가.' 그렇게 생각하니 그 남자의 장례는 치렀는지 가족이 나타났는지도 알아둬야 할 것 같았다. 효림은 별로 내키지는 않았지만, 아침에 무시했던 남자친구의 문자메시지에 답장도 할 겸 어제 그 남자가 실려 간 병원이 어딘지 물었다. 다행히 멀지 않은 곳이었다. 인터넷 검색으로 병원 주소를 알아냈다.

효림은 병원에서 나는 소독약 냄새를 좋아했다. 병원에 갈 때마다 겁을 집어먹고 울음을 터트리는 다른 아이들과 달리, 효림은 병원에 가는 것을 좋아했다. 소독약 냄새를 맡으면 마음이 편안해졌다. 유난히 깔끔한 엄마의 집보다 더 깔끔한 유일한 장소가 병원이었다. 하지만 효림은 병치레를 별로 하지않아 병원에 갈 일이 거의 없었다. 오랜만의 방문이었다. 효림은 원무과 직원에게 어제 그 노숙인에 관해서 물었다. 직원은 '아아'라며 알겠다는 반응을 보이면서도 가족이 아니면 알려줄 수 없다고 했다. 효림은 자신이 신고자라고 밝혔고, 직원은 그제야 작은 목소리로 속닥거렸다.

"그게, 공원에 누가 버리고 간 김밥을 먹은 모양이에요. 식중독이라고 하더라고요. 가족도 못 찾아서 병원에서 무연고자로 처리했어요."

김밥이라는 소리에 효림은 혹시나 하는 생각이 들었지만 알 수 없는 일이었다. 불확실한 내용을 B 팀장에게 전해서 심란하게 만드느니 그냥 식중독이라고만 전해야겠다고 마음먹었다. 굳이 물어본다면 '뭘 먹었는지는 모른다'고만 들었다고 말해야겠다고 생각했다.

7

며칠이 지나서야 효림은 B 팀장을 찾아갔다. 어느새 3사무실은 잠시 머물렀던 직원들의 흔적이 모두 사라지고 원래의 깔끔한 모습으로 돌아와 있었다. 약간의 소독약 냄새가 풍겼다.

"그 남자, 죽었어요."

"누구?"

"그때 그, 팀장님이 돈 주셨던 노숙자요. 공원에서."

"아, 난 또 누구라고. 안됐네."

B 팀장의 반응에 효림은 준비해 왔던 말을 모두 삼켰다. 왜 죽었는지가 궁금하기는커녕 귀찮은 듯한 그녀의 표정에 말을 잇지 못했다. '식중독이래요, 그 남자', 효림은 속으로 되뇌며 2사무실로 돌아왔다. 2사무실에서는 향수 냄새와 사람들의 체취가 섞여 여러 가지 냄새가 났다.

효림은 어김없이 공원에서 그녀를 마주쳤다. 효림은 구태여 그녀를 피하지 않고 가볍게 고개를 숙여 인사했다. 그녀도 고개를 끄덕였다. 느리게 걷는 그녀의 발걸음 소리가 점차 멀어져갔다. 효림이 처음 혼자 공원에 왔을 때처럼 풀냄새와 바람 냄새가 났지만, 예전 같지는 않았다.

B 팀장이 개발한 이유식이 '그대로 김밥'보다 더 대박이 났다는 이야기가 들려왔다. 그녀가 개발한 이유식의 제품명은 '그대로 아기밥'이었다.

문학잡지〈다정한시간〉 제1호 수록作

외계인

어린 시절 성우는 주목받는 아이는 분명 아니었다. 그저 다른 아이들의 주변을 서성거리다 집에 가기 일쑤였고, 늘 짝꿍을 찾지 못해 선생님과 짝이 되곤 했다. 또래보다 작은 키와 사시사철 해를 피하지 못한 것처럼 새까만 얼굴의 성우는 유난히 튀어나온 옆통수가 눈에 띄는 아이였다. 뒷모습만 보면 마치 아이들이 즐겨보는 만화영화에 악당으로 등장하는 외계인의 얼굴형 같았다. 하필 성우의 반에 짓궂은 남자아이가 그 만화를 아주 좋아한다는 것이 성우에게는 불운이었다.

"야, 외계인! 지구 침략하러 왔냐?"

반에서 가장 체격이 좋은 그 아이가 성우에게 외계인이라는 별명을 지어준 후로 반 아이들은 성우를 이름보다 외계인으로 기억하기 시작했다. 물론 그 아이처럼 대놓고 외계인이라고 부르는 아이들은 많지 않았지만, 뒤에서 성우에 대해 얘기할 때면 어김없이 사용하는 호칭이 되었다. 성우도 그런 사실을 모를 리 없었지만 감히 그 아이에게 기분 나쁜 티를 낼 수는 없었다. 대신 성우가 택한 방법은 밤새 방바닥에 머리를 찧기도 하고, 억지로 작은 모자를 눌러쓰기도 하면서 두상이 바뀌기를 기도하는 것이었다. 당연히 성우의 머리엔 아무 변화가 없었지만.

아주 작은 동네에 살았던 성우는 초등학교를 함께 다녔던 아이들 그대로 중학교도 같이 다니게 되었다. 덕분에 성우는 중학교에 올라가서도 내내 외계인으로 불렸다. 짓궂은 장난이야 초등학교와 함께 졸업했다지만, 이미 입에 붙어버린 호칭까지 바뀌지는 않은 것이다. 성우는 이제 외계인이라는 단어만 들어도 속이 울렁거렸다.

성우가 중학교 2학년이 되었을 때 성우의 생각을 완전히 바꿔놓을 여자아이가 학교에 등장한다. 학기 중에 전학 온 그 아이는 묘하게 사람들을 이끄는 매력이 있었다. 무엇보다 전학생 특유의 불안함이나 어색함이 느껴지지 않는 당당한 태도는, 아이들로 하여금 갖가지 궁금증을 불러일으켰다. 그 아이는 어김없이 짝을 구하지 못해 혼자 앉아 있던 성우의 옆에 앉게 되었다. 성우는 그 아이로 인해 주변이 북적거리는 것이 내심 싫지 않았다.

"네가 외계인이야?"
"뭐?"

그 아이는 성우의 옆에 앉은 지 며칠도 지나지 않아 대뜸 성우의 별명에 대해 물었다. 성우는 대놓고 그런 소리를 하는 전학생에게 어이가 없으면서도, 아무런 악의가 없어 보이는 해맑은 표정에 화도 내지 못했다.

"다들 너를 그렇게 부르던데? 뭐 때문이야?"
"내 머리 때문이지, 보면 몰라?"

다른 아이들 앞 같으면 말도 제대로 못 했을 테지만, 이 아이는 자신을 전혀 모른다는 생각에 성우는 말이 술술 나왔다. 퉁명스러운 성우의 답변에 그 아이는 이리저리 성우를 살펴보았다. 그러더니 별안간 웃음을 터뜨렸다.

"왜 웃어?"

"아니, 너 혹시 지구에 외계인이 정말 있다고 하면 믿겠니?"
"뭐? 그게 무슨 말도 안 되는 소리야?"
"외계인이라는 건 다른 별에서 지구로 넘어온 존재지? 별에서 별로 이동한다는 거, 지구인들보다 훨씬 발전한 문명에 살고 있다는 증거 아닐까? 그럼 그들이 지구에서 정체를 숨기는 건 별로 어렵지 않을 거야."

알고 보니 그 아이는 외계문명에 관심이 아주 많다고 했다. 그 아이에게 외계인은 언젠가 꼭 만나고 싶은 선망의 존재였다. 그 아이는 초등학교 때 모두가 빠져 있었던 만화영화 〈아키라〉처럼 우리에게도 그런 초능력이 숨어 있을지도 모른다는 상상을 종종 하기도 했다고 말했다.

"아키라처럼 사실 우리한테도 그런 초능력이 숨겨져 있을지도 몰라. 그러고 보니 너, 테츠오랑 아주 닮았는데?"
"뭐? 테츠오는 악당이잖아."
"그렇지만 멋있잖아. 지구인의 과학으로는 이해할 수 없는 일이 있다는 거, 나도 항상 했던 생각이거든. 어쩌면 그 작가는 외계인을 만나봤을지도 몰라."

처음엔 허무맹랑한 소리라고 생각했던 그 아이의 말에 성우는 점차 빠져들게 되었다. 성우는 그 아이와 가까워지면서 점차 외계인이라는 말이 놀림거리로 들리지 않았다. 아버지의 사업으로 인한 이사로 전학 왔던 그 아이는, 같은 이유로 다시 전학을 갔지만 그때의 기억은 성우가 남들처럼 학창시절을 떠올리며 미소 지을 수 있게 하기에 충분했다.

성우가 외계인이라는 말을 다시 듣게 된 건 영화에게서였다. 성우와 영화가 처음 만난 곳은 회사 근처의 이자카야(いざかや)였다. 유독 술집마다 손님이 붐비던 날이었다. 성우와 일행은 즐겨 찾던 호프집도 예외 없이 만석이었던 탓에, 발길을 돌려 그나마 손님이 없어 보이는 이자카야를 찾은 것이다. 그날은 성우가 아내와 셀 수 없을 만큼의 부부싸움을 한 날 중 하루이기도 했다. 싸움의 주제는 매번 달랐지만, 원인은 매번 똑같았다. 성우의 아내는 말보다는 행동으로 감정을 표현하는 사람이었다. 성우와 관계가 좋을 때면 회사까지 찾아와 도시락이나 간식 따위를 건넸고, 관계가 틀어질 때면 입을 다물었다. 성우는 아내가 침묵할 때마다 머리가 지끈거렸다. 아내는 문제가 해결될 때까지 며칠이고 입을 열지 않았다. 이제 한동안 아내는 회사로 발걸음하지도 않을 것이고, 물론 집에서도 말 한마디 걸지 않을 것이다. 성우는 정적이 도는 집으로 가느니 술집에서 잔 부딪치는 소리라도 듣기로 마음먹었다.

영화는 그곳의 아르바이트생이었다. 앳된 그녀는 특별히 눈에 띄는 점은 없는, 대학가에서 흔히 볼 수 있는 얼굴이었다. 'NO JAPAN' 불매운동이 있을 때도 일본 현지 느낌을 고집스레 이어온 이 가게의 특이한 점은, 모든 종업원이 일본 이름으로 된 명찰을 달고 있는 것이었다. 그녀가 달고 있는 명찰에 적힌 이름이 '카오리'라는 것이 성우의 눈에 잠시 들어왔다. 아키라에 등장했던 테츠오의 여자친구 이름이 카오리였기 때문이다.

일본에서 카오리라는 이름은 흔한 이름이었다. 그녀가 성우의 눈길을 사로잡은 결정적인 이유는 따로 있었다. 그 흔한 이름만큼이나 흔한 정도의 사소한 사건 때문으로 성우는 그녀를 주목하게 되었다. 주위가 소란스러워졌을 때, 여느 사람들처럼 성우도 소리가 나는 쪽을 바라보았다. 나이 먹은 중년 남성과 영화가 실랑이 중이었고, 누가 봐도 시시한 문제로 시비가 붙은 술자리 다툼이었다. 중년의 남성이 영화를 상대로 삿대질하고 있었다.

"너, 내가 누군지 알아?"
"몰라요, 아저씨는 제가 누군지 아세요?"
"이 년이 말하는 것 좀 봐, 너 미쳤어?"
"제가 뭘요."

안절부절못하는 다른 직원들과 달리, 성우는 자리에서 일어나 그 중년 남성을 제지했다. 성우가 영화를 도운 건 약간의 취기로 인한 알량한 정의감 때문이기도 했지만 그것만이 전부는 아니었다. 취객에게 한마디도 지지 않고 대꾸하는 영화의 모습, 그 모습을 보며 어쩐지 멋있어 보인다는 생각이 들었기 때문이었다.

"괜찮아요?"
"네, 안 도와주셔도 되는데."
"그냥요, 저도 시끄러워서요. 몇 살이에요?"
"스물여섯이요."

짧은 대화가 끝나고 성우는 다시 자리로 돌아가 술을 마셨다. 흔히 있을 법한 술자리 해프닝은 성우를 제외한 모든 일행이 담배를 피우러 자리를 비웠을 때, 조금 다른 상황으로 흘러갔다. 영화가 갑자기 성우에게 다가간 것이다. 성우는 자신이 영화에게서 미처 거두지 못한 시선을 그녀가 알아챘다는 생각에 얼굴이 달아올랐다.

"너, 네가 외계인이라는 거 알아?"
"그게 무슨……."

성우에게 대뜸 반말로 말을 건 영화는 당혹스러운 표정을 한 성우를 아랑곳하지 않고, 씩 웃으며 핸드폰을 내밀었다. 성우는 문밖에서 일행이 돌아오는 것이 보여 얼떨결에 명함을 건네주고 말았다. 일행에게 그런 모습을 보여 괜한 오해를 사고 싶지 않았기 때문이기도 했지만, 오랜만에 듣는 외계인이라는 단어에 자신도 모르게 마음이 동했기 때문이기도 했다.

다음날 영화는 성우에게 전화를 걸어왔다. 명함에 적힌 회사 주소를 보고 회사 앞으로 찾아온 것이었다. 술김에 명함을 건네주기는 했지만, 영화가 찾아올 거란 생각은 전혀 하지 못했던 성우는 영화의 방문이 우산이 없는 날 갑자기 내리는 비처럼 느껴졌다. 영화는 여전히 진지한 얼굴로 자신이 외계인이라고 주장했다. 성우는 영화가 단단히 미쳤다는 생각이 들어 대충 얘기를 들어주는 척하다 집으로 돌려보내기로 마음먹었다. 요즘 애들이 취업 스트레스가 많다더니 이렇게 정신병이 걸리는구나 싶었다.

영화는 동족 남자를 찾아서 같이 자기 별로 돌아갈 계획을 세우고 있다고 말했다. 흥분해서 말하는 영화의 피부가 햇빛을 받아 반짝거렸다. 화장기 없이도 매끈하고 광이 나는 피부였다. 성우는 영화가 성우 주변의 중년 여성들 사이에 있으면 정말 외계인처럼 보일지도 모른다고 생각했다.

그날부터 영화와 성우의 이상한 만남이 시작되었다.

그 후로도 성우는 종종 영화가 일하는 가게에 들렀지만 영화는 다른 사람들 앞에서는 제법 멀쩡하게 굴었다. 성우한테 하는 것처럼 반말을 하지도 않았고, 자신이 외계인이라는 허무맹랑한 소리를 하지도 않았다. 반면 둘이 있을 때면 어김없이 성우에게 같은 소리를 했다.

"너는 아직 모르고 있는 거야, 네가 외계인이라는 사실을 말이야."

"왜요?"

"그거야, 우리들은 지구로 올 때 다 기억이 지워져서 오거든. 나는 빨리 깨달은 편이지, 너무 늦게 깨달으면 돌아가고 싶어도 돌아갈 수 없어."

영화는 항상 처음에 그랬듯 예고 없이 불쑥 얼굴을 내밀었다. 가끔 성우가 일이 많아 전화를 받지 못하는 날에는, 두 번 전화하지 않고 회사 근처에서 삼십여 분을 기다리다가 돌아가곤 했다. 다행이라면 다행인 것이 성우는 월급을 받는 입장이 아니라 주는 입장이기 때문에 다른 월급쟁이들에 비해 시간을 쓰는 것이 자유로운 편이었다. 성우는 영화의 전화가 끊어지기 전에 전화를 받았다.

영화와 성우는 주로 회사 근처에 있는 카페에 가거나, 시간이 맞으면 근처에서 점심을 먹기도 했다. 성우는 영화와의 만남에 대해 자기 아내가 안다면 별로 좋아하지 않을 거라는 생각이 들긴 했지만, 영화의 연락을 무시할 수 없었다. 영화를 만날 때면 마치 학창시절로 돌아간 것 같은 기분이 들었다. 성우를 만화영화 속 주인공으로 만들어 주었던 중학생 시절 전학생과 만났을 때처럼 말이다. 지금 성우의 주변에는 온통 나이 많고 알 거 다 아는 여자들뿐이었다. 성우는 옛날부터 남자를 자신의 입맛대로 바꿀 수 있다고 믿는 여자들과는 상대하고 싶지 않았다. 사실 그들이 여자로 느껴지지도 않았다.

여자로 느껴지지 않는 건 자신의 아내도 마찬가지라는 것이 문제라면 문제였다. 아내는 다른 여자들과 사뭇 다르긴 했다. 오랜 세월 함께해오면서 쌓은 정이 있었고, 그것은 동지애라고 부를 만했다. 그것 또한 감정의 일종, 나아가 애정의 일종이라고, 성우는 그렇게 믿고 싶었다.

영화에겐 젊음에서 오는 특유의 싱그러움이 있었다. 비록 영화는 허무맹랑한 소리를 늘어놓기는 해도 진심으로 자신을 필요로 했고, 또 머리 아픈 잔소리를 떠들어대지도 않았다. 만나서 부끄러운 짓을 하는 것도 아니고, 영화의 공상을 한두 시간 들어주는 것뿐이니, 누군가 알게 되더라도 거리낄 것이 없다며 내심 합리화하기도 했다.

물론 가능하다면 아내가 영영 영화의 존재를 모르는 것이 최선이었다. 성우는 아내가 영화와의 관계를 아는 건 어려우리라 추측했다. 아내는 몇 주 전의 다툼 이후, 회사에 찾아오기는커녕 꼭 필요한 말이 아니면 성우와 말도 섞지 않았기 때문이다. 연애 시절이었다면 벌써 둘 중 한 명은 화해 시도를 했을 테지만 성우는 지금 이 상태에 그다지 불만이 없었다. 아내도 성우의 감정이 예전 같지 않다는 것을 여자의 직감으로 느끼는 듯했다. 어쩌면 아내의 감정도 성우처럼 변했을지도 모를 일이었다.

그보다 성우는 영화를 만나면 만날수록 영화가 왜 그런 망상을 하게 되었는지 궁금해졌다. 성우는 최대한 영화의 기분이 상하지 않게 하기 위해, 적절한 말과 표현을 신중하게 골라 영화의 과거를 물었다.

"영화 씨, 그런데 가족들은 다 어디에 있어요?"

"가족? 내 진짜 가족은 우리별에서 나를 기다리고 있겠지. 지구에서 잠시 같이 살았던 사람들을 말하는 거라면, 나도 어디에 있는지 몰라. 내가 외계인이라는 걸 깨닫자마자 집을 나왔거든. 굳이 같이 살면서 폐 끼칠 필요 없잖아."

영화는 가족과 왕래하지 않은 지가 오래되었다고 했다. 자신은 그들의 친자식이 아니며, 먼 외계에서 왔기 때문에 굳이 연락하며 지낼 필요가 없다는 것이다. 그 이후 여러 번에 걸쳐 알아낸 결과 영화가 집을 나온 건 그녀 자신의 의지는 아닌 것 같았다. 그 이상은 절대 얘기해주지 않아 자세한 사정은 알 수 없지만, 평범한 집의 사랑받는 딸이 아니었으리라는 추측은 가능했다. 그러다 보니 영화는, 자신의 진짜 가족이 어딘가에서 자신을 기다리고 있을 거란 희망을 가지고 집을 나오게 된 것이 아닐까 상상했다. 거기까지 생각이 가닿자, 성우는 문득 영화에게 연민의 감정이 생기기 시작했다. 더해서 이 정도 상황만으로 그렇게 구체적인 망상을 하게 되었을 리는 없으니, 무언가 다른 이유도 존재할 것이라고 어렴풋이 짐작했다.

성우와 영화의 만남은 그 이후로도 계속되었다. 영화가 성우의 회사 근처로 찾아오는 날은 점점 잦아졌고, 성우가 회사를 비우는 시간은 점점 늘어갔다. 성우는 직원들 보기가 민망해서 '사장이 없는 게 최고의 복지라는 소리를 들었다'며 직원들 앞에서 너스레를 떨기도 했다.

"그런데, 동족 남자를 만난 건 제가 처음인가요?"

"아니, 몇 년 전에도 한 명 찾은 적 있었어."

영화가 독립한 이후 처음 교제했던 남자는 유부남이었다고 한다. 그럼에도 결혼이라는 제도는 지구의 것이고, 영화와 그 남자는 지구인이 아니기 때문에 그런 것에 구애받을 필요가 없었다는 것이 영화의 주장이었다. 그 남자는 영화의 말을 처음으로 이해해 준 사람이었다. 이해했을 뿐만 아니라 외계인으로서의 정체성을 더 굳건히 해줬더랬다. 그러니까 앙상한 뼈대에 살을 붙여준 셈이었다. 아마 영화의 망상이 구체적으로 변한 게 그 시점이었을 것이다.

"그런데 결국 떠나지 못했어, 그 남자, 지구인 여자랑 아이가 생겼거든."

"그랬군요. 나쁜 사람이네요."

"아니, 불쌍하게 된 거지. 고향으로 돌아갈 기회를 영영 잃어버렸으니까 말이야. 어쩜 그 남자는 이제 완전히 지구인이 되어버렸을지도. 그러니까 너도 조심해, 완전히 지구인이 되어버리면 다시는 우리 별로 돌아갈 수 없어."

좀 더 대화를 나누다 보니, 영화는 그 남자의 아이를 가진 적이 있다는 걸 알게 됐다. 다만 지금 상황을 보니 낳지는 않았던 모양이다.

"절대 지구에서 아이를 낳아선 안 돼. 지구에서 자신의 피가 섞인 아이를 낳아버리면, 완전히 지구인이 되어버리는 거야. 그건 그 남자가 알려준 사실이야, 그런데 그 남자는 아내를 설득하는 데 실패했어."

그렇게 말하면서 영화는 무의식적으로 배를 쓰다듬었다. 성우는 '그 남자, 참 악질이구나'라고 생각하며 자신도 모르게 혀를 내둘렀다.

성우와 영화가 처음으로 육체관계를 가진 건 그들의 이상한 관계가 시작된 후 수개월이 지난 어느 날이었다. 그날은 성우가 평소와 달리 유난히 과음했고, 처음으로 영화에게 먼저 전화를 건 날이었다. 성우는 그동안 의식적으로 영화에게 손끝도 대지 않았다. 무의식중에 할 법한 가벼운 스킨십도 없었다. 때때로 그런 충동이 들지 않았던 것은 아니었지만 순간의 욕망으로 그동안 쌓아온 평판과, 안정적인 가정을 무너뜨리고 싶지 않았다. 무엇보다 아내에게 실망과 상처를 안겨주고 싶지 않았다.

아내는 좋은 사람이었다. 연애 시절 성우와 아내는 안 맞는 부분을 찾기가 어려울 정도로 궁합이 좋은 커플이었다. 아내는 성우가 하는 말에 토 다는 법이 없었다. 연애경험이 많지 않은 성우는, 이유도 알 수 없는 화를 내는 여자들을 이해할 수 없었다. 그런데 성우의 아내는 일반적으로 다른 여자들이라면 화를 낼 법한 상황에서도 침묵했고, 성우는 아내의 다른 어떤 점보다도 그 점이 가장 마음에 들었다. 다만 성우의 아내는 혼전순결주의자였기 때문에 결혼 전까지 둘은 잠자리를 가져본 적이 없었다. 그것은 생각보다 심각한 문제가 되어 돌아왔다. 아내는 육체관계를 힘겹지만 견뎌내야 하는 의무라고 믿고 있었다. 성우가 처음으로 구강성교를 요구했던 날, 아내는 화장실에 가서 구역질했다. 그 후로 성우는 아내와의 관계를 피하게 되었다. 어쩌다 관계하는 날이면 아내는 고행을 견디는 순교자라도 된 것처럼 굴었다. 관계가 끝난 지 오래되었는데도 눈을 질끈 감고 있는 아내를 볼 때면 성우는 형언할 수 없을 만큼 굴욕적인 기분이 되었고, 서로의 기분을 상하게 할 뿐인 잠자리는 어느새 성우와 아내의 관계 전체를 흔들었다.

반면, 영화는 마치 성우가 무엇을 원하는지 원래부터 알고 있는 것처럼 몸을 움직였다. 무엇보다 영화의 살결은 아내의 건조한 피부와 비교가 되지 않을 정도로 촉촉하고 부드러웠다. 관계가 끝나면 통통한 팔다리로 성우의 몸을 꼭 부둥켜안고 놔주지 않거나, 성우의 가슴팍에 얼굴을 비벼댔다. 그 행동들은 성우에게 한 번도 느껴보지 못한 감정을 불러일으켰다.

그렇게 성우는 영화와 처음으로 밤을 보냈다. 그리고 다시는 그러지 않으리라 다짐하며, 죄책감을 달랠 수단으로 아내에게 안길 꽃다발을 사서 집으로 돌아갔다.

그러나 그 다짐이 무색하게도 딱 한 번이라고 생각했던 밤은 두 번이 되었고, 여러 번이 되었고, 끝내는 일상이 되었다. 성우는 그럴수록 점점 불안해졌다. 누군가 영화와 성우의 만남을 알아버리는 것은 시간문제인 것 같았다.

"우리 만나는 거 아무에게도 말하면 안 돼요. 영화 씨."

"당연하지, 말했다가는 우리 둘 다 정부에 잡혀가서 온갖 실험을 당하고 버려질 게 뻔한데."

성우가 노파심에 당부할 때면 영화는 대체 그런 걸 왜 말하냐는 듯 어이없는 얼굴로 대답했다. 그런 영화의 태도에 성우는 조금 마음이 놓였다. 성우는 영화와 만나지 않을 때면 영화와의 관계 때문에 초조하면서도, 영화와 함께 있을 때면 그녀로 인해 안정을 찾았다. 영화에게 중요한 일은 오직 자신의 별로 돌아가는 것뿐이었고, 그녀에게 그것을 제외한 다른 문제는 모두 사소한 것에 지나지 않았다. 영화와 같이 있는 순간에는 그런 태도가 성우에게도 전염되어, 성우는 점차 영화의 이야기에 빠져들었다.

성우는 영화와의 관계가 점점 깊어져도 말을 놓지는 않았다. 그것은 성우가 지키고 있는 마지막 선이었다. 영화에게 말을 놓는 순간 아침드라마에서 나올 법한 흔한 불륜관계가 될 것 같았다. 성우는 말을 높이는 것으로 영화와 자신 사이의 거리가 유지되고 있다고 믿었다. 다행히 영화는 성우를 재촉하지 않았다. 성우는 종종 영화가 어떻게 자기별로 돌아갈 계획인지 궁금하기도 했지만, 직접적으로 물어보지는 않았다. 그걸 물어보는 순간 정말 영화를 따라 먼 우주로 떠나게 될 것 같아서였다. 성우는 영화를 계속 만나면서도 회사와 가정에 모두 충실했고, 아내와의 관계도 육체관계만 전보다 더 뜸해졌을 뿐, 표면적으로는 아무 문제가 없었다. 그도 그럴 것이 성우가 전처럼 육체관계를 요구하지 않는 것에 대해, 아내는 자신에 대한 배려라고 느끼고 있는 것 같았다. 덕분에 성우는 아내와 다정한 대화를 나눌 때면 입 안에 모래를 가득 머금은 것처럼 껄끄러운 기분이 들었지만, 큰 문제는 아니었다.

둘의 관계에, 특히 성우에게 어떤 변화가 생긴 건 영화가 성우의 아이를 가진 뒤였다.

"나 임신했어, 빨리 아이를 지워야 해."

영화는 평소와 다를 바 없이 관계를 끝낸 후 그렇게 말했다. 성우는 한참 동안을 눈만 끔벅거렸다. 이런 얘기를 이토록 태연하게 전하다니, 새삼스럽게 영화가 낯설었다. 처음 영화를 만났을 때 느꼈던 생경함이 새록새록 되살아났다. 한편으로는 영화가 반쯤 미친 상태이기 때문에 이 만남이 지속될 수 있다는 것을 깨닫기도 했다. 영화가 아이를 낳겠다고 우겼더라면 해결해야 할, 사실 해결할 수 없는 문제들이 떠오르며 고맙기도 했다.

"제가 금방 알아볼게요, 이틀 뒤에 다시 만나요."
"그래, 고마워."

성우의 감정과 별개로 영화는 도리어 병원을 알아봐 주고, 비용까지 지불해 주겠다는 성우에게 고맙다고 말했다. 영화를 병원으로 데려가던 날도 영화는 성우에게 원망의 말 한마디 하지 않았다. 병원에서도 영화는 대수롭지 않은 일 가지고 호들갑을 떤다는 듯 굴었다. 앳된 얼굴의 영화 옆에 서서 괴로운 것은 성우뿐이었다.

"삼촌이에요. 아빠는 누군지 모릅니다."

성우는 궁색한 변명을 하면서도 의사와 간호사가 적게 봐도 십수 년은 차이가 나 보이는 둘을 보면서 어떤 상상을 하고 있는지가 머릿속에 그려지는 듯했다. 이런 일이 자주 있는 듯 숨도 쉬지 않고 단조롭게 주의사항을 말하는 간호사는 성우와 눈도 마주치지 않았다.

수술실에 들어간 영화는 얼마간의 시간이 지나고 나서 구석의 병실로 옮겨졌다. 아까 그 간호사는 성우에게 마취가 깰 때까지 잠시 기다리라면서 조카에게 미역국이라도 사주라고 말했다. 성우는 간호사가 일부러 조카라는 단어에 힘을 주는 것 같았지만 그저 고개를 끄덕였다. 잠시 후 무덤덤한 표정으로 잠에서 깬 영화는 병원을 나서자마자 평소와 다름없이 모텔로 가자며 성우를 이끌었다.

"네? 그래도 오늘은 좀……."

"왜? 난 지구인이 아니야, 이런 것쯤 별일도 아니야. 너, 거기 가는 거 좋아하잖아."

성우는 영화의 손에 이끌려 가며 '영화가 원해서였다, 영화가 시작한 일이다', 그렇게 혼잣말을 계속 되뇌었다. 그럴수록 성우 안에 남아 있던 어떤 조각들은 점점 희미해졌다. 가시가 걸린 것처럼 따가웠던 목이 자고 일어나면 언제 그랬냐는 듯 괜찮아지는 것처럼, 아내만 보면 까끌거렸던 성우의 불편한 감정은 흔적을 찾아볼 수 없게 되었다.

성우의 일상에 영화는 완전히 스며들었다. 성우에게 영화와의 만남은, 퇴근 후 헬스장에 들르는 것과 크게 다를 게 없었다. 정말 꾸준히 운동이라도 다닌 것처럼 성우에게서는 활기가 돌았다. 아내와의 사이는 신혼 후 가장 좋았고, 회사 일도 잘 풀렸다. 성우는 영화와의 만남이 어린 시절 전학생을 만난 것처럼 자신에게 갑자기 찾아온 행운인 것만 같았다. 성우는 지금의 일상이 영영 이어지기를 바랐다. 그럴 수 없는 몇 가지 이유조차 영화의 달짝지근한 숨결이 얼굴에 닿는 순간 잊혔다.

잘 관리되고 있는 어항 속처럼 잔잔했던 성우의 일상에 파도가 몰아치기 시작하기까지 그리 오래 걸리진 않았다. 성우와 사이가 부쩍 좋아진 아내가 다시 회사에 드나들기 시작한 것이 원인이었다. 아내와 함께 있을 때 영화의 전화가 걸려 오는 날이면 성우는 아내와 밥을 먹으면서도 밥맛을 하나도 느끼지 못했고, 영화와 걸을 때 멀리서 아내와 비슷한 실루엣의 여자라도 지나가는 걸 본 날이면 그렇게도 좋았던 영화와의 관계마저 허겁지겁 마치고 회사로 돌아왔다.

그날도 아내와 함께 점심을 먹으러 가던 성우는 귀에 들어오지 않는 아내의 말소리에 건성으로 '응응, 그래'라며 기계적인 답변을 내놓았다. 성우는 오늘도 거절한 영화의 전화가 영 신경 쓰였다. 이런 일이 잦으면 영화의 기분이 상해 더 이상 영화를 만날 수 없게 되는 건 아닌가란 걱정에 기분이 좋지 않았다. 그때 아내가 갑자기 말을 멈췄다. 성우는 자신이 너무 대답을 안 했나 싶어 변명할 요량으로 고개를 돌려 아내를 바라보았다. 허나 아내가 말을 멈춘 건 성우 때문이 아니었다.

성우와 아내 앞에 영화가 길을 막고 서 있었다. 머릿속으로 수백 번 시뮬레이션 했던 장면이지만, 두 사람이 같이 있는 모습을 실제로 보게 되자 성우의 몸은 굳어버렸다. 성우에게 두 사람은 다른 세계관에 존재하는 인물이었다. 성우에게 두 사람이 한 곳에 동시에 존재하는 것은 이치에 맞지 않는 일이었다.

"안녕하세요, 사장님."

얼어버린 성우의 옆에 있는 아내를 본 영화는 외계인이니 뭐니 하는 소리를 떠들지 않고 평범하게 인사했다. 그 거리에서 응당 해야 할 반응을 하지 않고 고장 나버린 건 성우뿐이었다. 두 사람은 아무렇지 않게 인사를 하고 이내 영화는 멀어져 갔다. 성우는 태연한 척하며 놀란 가슴을 쓸어내렸다.

"누구야? 저 사람?"
"그냥, 거래처 여직원."

성우의 아내도 별 의식 없이 한 마디 묻고 말았다. 정신을 차린 성우가 걱정되는 것은 오히려 영화였다. 영화도 성우가 결혼했다는 사실을 모르는 것은 아니었지만, 머리로 알고만 있는 것과 실제로 두 눈으로 보는 것에는 큰 차이가 있을 터였다. 계속 영화의 생각이 머릿속에 맴돌던 성우는 결국 자신도 모르게 아내에게 짜증을 냈다.

"당신, 회사 좀 그만 찾아올 수 없어?"

아내는 늘 그렇듯 별말 없이 집으로 돌아갔지만, 기분이 단단히 상했을 것이 분명했다. 성우는 아내의 기분은 안중에도 없이 영화를 만나야겠단 생각뿐이었다. 성우는 서둘러 영화에게 전화를 걸었다.

"영화 씨, 지금 좀 볼 수 있어요?"

성우의 걱정이 무색하게도 영화는 덤덤했다. 덤덤하기보다도 난데없이 왜 연락하는지 영문을 모르는 것처럼 보였다.

"영화 씨, 정말 미안해요. 그런 상황은 만들면 안 됐는데……. 기분 상했죠?"

"뭐야, 그런 거였어? 별로 상관없어. 헛걸음하지 않게 문자라도 남겨놓든가 해."

"아니에요. 이제 아내가 찾아올 일 없을 거예요."

오랜만에 영화와 시간을 보내자 성우는 그동안의 스트레스가 한 번에 풀리는 듯했다. 사우나라도 다녀온 것처럼 개운해진 성우는 그제야 아내 생각이 났다. 아이도 없는 둘뿐인 집안에서, 입을 꾹 다물고 있는 아내와 적막을 견딜 생각을 하니 성우는 벌써 숨이 막혀왔다. 성우는 연애 시절부터 한 번도 먹히지 않은 적이 없는 방법을 사용했다. 아내가 가장 좋아하는 꽃을 사고, 연애 시절부터 단골이었던 카페에서 딸기가 듬뿍 올라간 케이크를 포장했다.

꽃과 케이크를 들고 머쓱한 표정으로 들어오는 성우를 본 아내의 얼굴빛이 순간 밝아졌다. 성우는 그 순간은 놓치지 않고 능청을 부렸다.

“여보, 미안해. 나 요즘 회사에서 큰 프로젝트가 많거든. 당신이랑 나랑 또 나중에 태어날 아이 생각하면 다 성공해야 하잖아. 그래서 회사에서는 일에 집중하고 싶었어, 당신이랑은 집에서 행복한 시간만 보내고 말이야.”

성우가 생각한 변명이 그럴싸했는지 아내는 미안한 표정이 되었다. 성우는 그런 점까지 생각하지 못해서 미안하다며 입술을 깨무는 아내를 꼭 안아주었다. 아내와 케이크를 먹으면서도 성우는, 역시 영화는 자신의 인생에 찾아온 행운이 분명하다고 생각했다.

성우가 간파한 사실은 영화는 성우의 생각대로만 움직이는 편리한 AI가 아니라는 것이었다. 여느 때와 같이 신나게 영화를 만나러 간 성우에게 영화는 예상치 못한 말을 꺼냈다.

“이제 우리 별로 돌아가야 할 때가 왔어.”

평소보다 훨씬 들뜬 목소리로 조잘거리는 영화를 보며 성우는 망연자실했다. 오지 않을 것 같던 신용카드 결제일이 눈 깜짝할 새에 돌아오는 것처럼, 아무 대가도 없이 누려왔던 쾌락을 한꺼번에 갚아야 하는 순간이 온 것 같았다. 그런 성우의 속을 아는지 모르는지 영화는 외계별로 돌아가기 위해 해야 할 준비에 대해서 늘어놓았다.

"일단은, 지구인과의 관계를 모두 정리해. 이건 꼭 그래야 하는 건 아니지만 갑자기 네가 사라지면 혼란이 있을 테니까 정리하는 게 좋아. 괜히 지구인들에게 들킬 수도 있고. 그다음으로는 우리별과 가장 가까운 바다로 떠나야 해. 그곳에서 우리를 구출해 줄 배가 기다리고 있을 거야. 드디어 신호를 받았어."

"너무 갑작스러워요……. 생각할 시간이 필요해요."

우물쭈물하는 성우를 보며 영화는 당황한 것처럼 보였다. 늘 걱정 없어 보이던 영화에게서 처음으로 보는 얼굴이었다.

"그동안 내 얘기를 어떻게 들은 거야? 신호는 자주 오지 않아, 이번에 기회를 놓치면 또 언제 신호가 올지 모른단 말이야. 나 혼자는 갈 수 없어, 꼭 둘이어야만 한다고."

"알겠어요, 일단은. 언제 가야 하는 거죠?"

"늦어도 일주일이야."

밤새 생각 끝에 성우가 내린 결론은 영화와의 관계를 끝내는 것이었다. 영화의 반응이 걱정되긴 했지만, 그렇다고 영화를 따라 바다로 갈 수는 없었다. 영화가 회사나 집까지 쫓아와서 행패를 부리진 않겠느냔 우려는 애써 접어두었다. 영화는 그런 여자가 아니다. 다른 여자들처럼 나를 곤란하게 만들지 않을 것이다, 그렇게 생각하며 내일이라도 당장 영화를 만나 잘 알아듣게 둘러대고 멀리 이사라도 보내야겠다고 결심했다. 어차피 다른 선택지라고 할 만한 것도 없었다.

관계를 정리하기로 굳게 마음먹기는 했지만 얼굴을 보자마자 그런 말을 꺼내기는 힘들었다. 얼렁뚱땅, 오랜만에 카페에 가자고 영화를 이끌었다. 하필 오늘따라 파인 옷 때문인지, 훤히 드러난 영화의 가슴이 발걸음에 따라 통통 튀었다. 성우의 시선을 느꼈는지 영화가 성우를 빤히 쳐다봤다.

"카페는 왜 가자는 거야? 그냥 모텔로 가."

성우는 결국 또 영화를 따라가고 말았다. 아직 일주일의 시간이 있었다. 내일이라도 관계를 정리하면 될 일이었다. 하지만 어영부영 하루 이틀이 지났고, 떠나기로 한 날까지도 성우는 아무 말도 꺼내지 못했다. 성우는 걸려 오는 영화의 전화를 무시했다. 그런 식으로 영화와의 관계가 끊기기를 바라는, 말도 안 되는 기대를 하기도 했다. 성우의 바람과는 달리 이번에는 영화의 전화가 끊기지 않았다. 성우가 받을 때까지 다시 걸려 올 것처럼 계속해서 울렸다. 계속 전화를 받지 않는 성우를 이상하게 쳐다보는 직원들의 눈빛에도 성우는 영화를 차단하지 못했다, 무작정 잠적해 버렸다가는 영화가 어디서 나타날지 모른다는 두려움 때문이었다.

결국 그날 성우는 끝까지 영화의 전화를 받지 못하고 휴대폰을 꺼버렸다. 성우는 집에 돌아온 후에도, 잠시도 마음을 놓을 수 없었다. 금방이라도 초인종이 울리고 짐을 든 영화가 나타나 자신을 재촉할 것 같았다. 성우는 밤새 뜬눈으로 지새울 정도로 불안에 떨었지만, 회사에 나갔을 때까지 영화는 어디에도 나타나지 않았다. 성우는 마치 고문이라도 당하는 것 같았다. 계속 손톱 끝을 물어뜯던 성우는 결국 휴대폰을 켜고 영화에게 전화를 걸었다.

"너, 무슨 짓이야. 어서 나와, 늦었어."

카페에서 만난 영화는 생각보다 화난 것 같지는 않았다. 지금이라도 어서 채비해서 떠나면 시간을 맞출 수 있다고 했다.

"영화야, 미안해, 나는 너랑 같이 돌아갈 수 없어."

성우는 그렇게 말하며 아이처럼 울었다. 그 울음은 영화에 대한 죄책감과, 더 이상 영화를 만나지 못하는 아쉬움과, 불안한 관계가 끝난 것에 대한 후련함이 섞인 것이었다.

"너도 결국 지구인이 되어버렸구나."

영화는 그런 성우를 물끄러미 바라보았다. 영화는 성우를 원망하지도, 화를 내지도, 붙잡지도 않았다. 오히려 성우를 불쌍한 사람 대하듯 토닥여 주었다. 그날은 성우가 처음으로 영화에게 반말을 한 날이었다. 성우의 말에서 한 토막이 사라졌고, 성우가 끝내 놓지 않았던 조각도 영영 사라졌다.

영화를 안았던 감각이 가물가물해질 정도의 시간이 지나고, 성우는 혹시나 하는 마음에 영화가 아르바이트를 하던 이자카야를 찾았다. 당연히 영화는 보이지 않았다. 영화가 하고 있던 명찰을 찬 아르바이트생을 붙잡아 물어보니, 영화는 어딘가 멀리 이사 간다는 말과 함께 갑작스럽게 가게를 그만두었다고 했다. 그 소식을 전하는 새로운 아르바이트생을 보며, 성우는 그녀에게는 카오리라는 이름이 어울리지 않는다고 생각했다. 성우는 영화가 결국 혼자서라도 바다를 찾아갔는지, 아니면 다시 동족을 찾으러 떠났는지 알고 싶으면서도, 알고 싶지 않기도 했다.

성우는 가게를 나서며, 어쩌면 자신이 영화에 대해 너무 알아버려 관계가 끝나버린 건 아닐까 생각했다. 잠시 딴짓에 빠져 컵이 흘러넘치는 줄도 모르고 물을 받을 때처럼, 성우 자신이 받아들일 수 있는 것 이상으로 영화는 성우에게 흘러들어왔다. 성우가 원래 가지고 있던 가치들은 그렇게 넘쳐서 증발해 버렸다. 영화까지 사라진 지금, 성우는 가뭄을 겪는 것 같았다. 마르다 못해 갈라질 것 같은 갈증이 들었다.

성우는 그날 밤 영화가 외계로 떠나는 꿈을 꾸었다. 꿈속에서 영화는 성우의 아이를 안고 있었다. 성우와 영화를 반반 닮은 것 같은 아이는 울지도 않고 방긋거리며 웃는 얼굴이었다. 성우는 바다를 닮은 푸른색의 외계별로 걸어가는 영화의 뒷모습을 흐릿해질 때까지 바라보다가 꿈에서 깨어났다. 잠에서 깬 성우는 어느 때보다도 생생했던 꿈속 광경 때문에 정말 영화가, 그리고 자신이 외계인이 아니었을까 하는 생각까지도 들었다. 정말 그렇다면, 영화가 죽은 아이의 영혼과 함께 무사히 자신의 고향별로 돌아갔기를 바랐다.

영화가 떠난 뒤로 아내와의 관계는 더할 나위 없이 좋아졌다. 어느 날부턴가 이상하게도 아내는 다른 사람이 된 것처럼 굴었다. 성우는 영화를 만났던 것도, 헤어졌던 것도 모르는 아내가 갑자기 변한 이유를 알 수 없었다. 아내는 먼저 성우를 침대로 이끌기도 하고, 관계 후에 꼭 영화가 그랬던 것처럼 가슴팍에 얼굴을 비비기도 했다. 성우는 그런 아내의 노력을 받아들이려고 애썼다. 성우는 진심으로 아내의 서투른 몸짓과 깡마른 어깨를 예전처럼 사랑스럽게 바라볼 수 있게 되었으면 했다.

성우의 바램과 달리 아무리 애써도 성우의 갈증은 도무지 해소되지 않았다. 길에서 영화와 닮은 뒷모습을 볼 때면, 달려가 둥근 어깨를 붙잡고 싶어져 몇 걸음인가 쫓아가 보기도 했다. 영화의 흔적이 시시때때로 성우를 흔들었다. 회사에 들어온 지 얼마 되지 않은 영화 또래의 어린 여직원이, 영화처럼 조곤조곤한 말투로 보고하던 날도 그랬다. 여직원의 입술에 당장이라도 입을 맞춰보고 싶은 충동을 느낀 성우는 자신도 모르게 소스라쳤다.

성우가 할 수 있는 일은, 그저 집으로 돌아와 벌컥벌컥 맥주를 들이키는 것뿐이었다. 속도 모르고 말을 붙이는 아내에게 건성으로 고개를 끄덕거리면서. 예전과 확연히 달라

진 모습으로 애교를 부리며 오늘도 살을 섞으려는 아내의
추파를 모른 척하면서.

보금자리

지운은 태어날 때부터 남의 자리를 뺏고 태어난 아이였다. 지운의 어머니는 예정일보다 열흘 빨리 진통을 느꼈다. 간호사였던 지운의 친할머니 덕에 원래 수술이 잡혀 있던 산모 대신 어머니가 수술방에 들어가게 되었다. 수술이 늦어진 산모도 무사히 출산했으니 큰일은 아니라고 할지 몰라도, 지운이 태어날 때부터 남의 자리를 뺏어서 태어난 것은 사실이다. 우습게도 지운의 할머니에게는 이 일이 퍽 자랑거리였던지라, 지운은 머리가 꽤 클 때까지도 자신이 태어나던 날의 이야기를 지겹게 들어야 했다.

"원래는 네 애미가 수술할 게 아니었단 말이야. 그런데 내가 그 여자 대신에 네 애미 수술을 먼저 해달라고 애를 좀 썼지."

지운은 할머니의 자랑을 듣고 고마운 마음이 생기기는커녕 되레 태어날 때부터 자기 자리가 없었다는 불안이 머릿속에 자리 잡게 되었다. 지운은 새치기를 한 사람처럼 누구에게 걸릴지 몰라 초조한 마음을 가지고 살았다. 세상에는 새치기하고도 뻔뻔하게 그 자리가 원래 자신의 자리인 듯 행세하는 사람도 많지만 지운은 그런 부류의 인간이 아니었다. 언제고 원래 주인이 나타나 비키라고 말하면 비켜줘야 할 것 같았다.

이런 이유인지 지운은 자기 자리에 대한 집착이 강했다. 학창 시절 쉬는 시간에 잠시 자기 자리에 앉은 친구와 주먹다짐하고 싸울 정도였다. 자리에 관한 일이면 지운은 돌변했다. 정해진 자리에 칼을 꽂으면 펑 하고 튀어 오르는 해적룰렛 게임처럼. 그렇게라도 해야만 잠시라도 자기 차례에 해적 인형이 떠오를 것 같은 불길한 감정을 떨쳐낼 수 있었다.

지운은 동네의 작은 펫 숍에서 근무했다. 어떤 이들은 작은 케이스 안에 갇혀 입양되기만을 기다리는 펫 숍의 강아지들이 불쌍하다고들 했지만, 지운은 오히려 속이 훤히 보이는 케이지 속에서 기운 없이 늘어져 있는 강아지들을 부러워했다. 태어날 때부터 자기 자리를 가지고 태어나 다시 주인에게 선택되어 작은 케이지로 이동되는 삶이 지운의 눈에는 더없이 평화로워 보였다.

반대로 지운의 윗집, 그러니까 502호에 사는 민규는 네 것 내 것에 대한 개념이 없는 작은 마을에서 자랐다. 어머니가 늦으면 옆집에 가서 밥을 먹는 일이 당연하고, 건넛집 개가 죽어도 모두가 아는 동네였다.

402호에 사는 지운과 민규는 사소한 일로부터 자주 부딪혔다. 두 남자가 사는 동광맨션은 굳이 들으려 하지 않아도 옆방의 사정을 다 듣게 되는 싸구려 여관과 다를 바 없었다. 술집 아가씨의 기계적인 신음이나, 때로는 술에 취한 남자의 고함처럼 듣고 싶지 않은 소리까지 귓속으로 흘러 들어왔다.

지운은 맨션의 저렴한 월세를 생각하면 방음이 안 되는 것 정도는 참을 수 있었다. 민규가 이사 오기 전까지 502호에 살던 여자는 새벽에 전자피아노를 치거나 우쿨렐레를 쳤고, 또 어느 새벽에는 연인에게 전화를 걸어 대성통곡을 하기도 했다. 그뿐이 아니었다, 옆집 부부가 월례 행사처럼 치르는 늦은 밤의 싸움도 그러려니 하고 넘길 수 있었다. 지운은 유난히 시끄러운 밤이면 동광맨션의 세입자들이 펫 숍에 갇혀 우는 강아지들 같다는 생각하기도 했다. 차이점이라면 제 발로 집에 들어와 문을 잠근다는 것뿐이었다.

참을 수 없는 일은 민규의 조카로 보이는 한 어린아이가 동광맨션에 오면서 발생했다. 조악한 장난감 차가 지운의 주차 자리를 차지한 것이다. 동광맨션은 호수마다 정해진 주차공간이 있었다. 사실 지운이 동광맨션으로 이사를 오게 된 것 중에 가장 큰 이유는 저렴한 월세와 더불어 호수별로 배정된 주차공간이 있다는 점 때문이었다. 이전에 살던 원룸에서 주차할 곳이 없어 뺑뺑 돌다가 끝내 이중주차를 하는 날이면 자신의 차마저 자리가 없다는 생각에 지운은 익숙한 괴로움에 시달렸다.

그에 반해 동광맨션은 주차장 바닥에 페인트로 큼지막하게 호수까지 표시해 자리를 배정해주었기 때문에 주차공간을 찾으려 골목을 돌아야 할 일은 없었다. 지운은 402호라고 적힌 호수가 자신의 이름처럼 보였다. 공갈 젖꼭지만 물려주어도 울음을 그치는 아기처럼, 지운은 자신의 차가 자리를 가졌을 뿐인데 마음이 편안해졌다.

그 아이가 칠이 다 벗겨진 장난감 차를 떡하니 지운의 자리에 댈 때마다 지운은 민규를 닦달했다. 민규의 등 뒤에 숨어 빼꼼 고개를 내밀고 있는 꼬맹이가 그렇게 얄미울 수가 없었다. 민규는 매번 미안하다고 하면서도 어린아이가 하는 일에 열 내지 말라며 능청스럽게 굴었다.

“그렇게 자리가 내주고 싶으면 당신 자리를 내주면 되잖아요. 왜 올 때마다 제 자리에 대는 겁니까?”

“저도 그러려고 했지요. 그런데 이 애가 선생님 자리가 좋다는 걸 어떻게 합니까? 거기에 차를 대놔야 창문으로 자기 차가 보인다는 걸요. 아! 그러면 이렇게 하는 건 어떻습니까? 그 친구가 오는 날에는 선생님이 제 자리에 차를 대시는 겁니다.”

언뜻 들으면 그럴싸한 제안이었지만 지운에게는 도저히 받아들일 수가 없는 일이었다. 멀쩡히 있는 자신의 자리를 두고 남의 자리에 차를 대라니, 지운에게 그건 마치 내 집을 놔두고 잠시 남의 집에 들어가 살라는 말이나 마찬가지로 들렸다.

“그렇게는 못 합니다.”

“네?”

“그렇게는 못 하니까, 단단히 일러두세요. 한 번만 더 제 자리에 그 장난감 차를 두는 날에는 그 장난감 차를 어디 가져다 버리기라도 할 테니까요.”

장난감 차를 버리겠다는 말에 녀석은 씩씩거리며 지운을 흘겨보았다. 정말 그 차에 손을 대기라도 했다가는 당장이라도 덤빌 기세였다. 지운은 그 조그만 머리통을 쥐어박고 싶은 충동이 들었다.

그 후로도 종종 그 녀석이 지운의 자리를 침범하는 일이 있었지만, 지운은 장난감 차를 버리지는 못했다. 어린아이의 물건이라는 따듯한 이유 때문은 아니었다. 누구든 장난감 차에 손을 대려고 할 때마다 창문으로 자신의 차를 보고 있던 녀석이 얼른 달려 나왔기 때문이다. 똑같은 일들이 몇 번 반복되고 지운의 피로감이 커져갈 때쯤, 사건이 벌어졌다. 녀석의 차가 없어진 것이다.

"내 차 내놔요!"

녀석은 민규와 지운의 집으로 찾아와 부서져라 문을 두드렸다. 간만의 휴일에 단잠을 청하고 있던 지운은 대뜸 찾아온 불청객이 견딜 수 없이 불쾌했다. 더군다나 지운은 맹세코 차를 건드린 적이 없었다. 나를 범인으로 단정 짓고 버럭버럭 소리를 지르는 녀석과, 그 녀석을 말리지 않는 지운을 보자 부글부글 끓어오르는 감정을 뒤로 하고 골목을 돌아다니며 주차했던 것이 억울할 지경이었다.

"제가 아닙니다. 저도 그러고 싶기는 했지만, 차에 손만 대려고 해도 쫓아 내려오는데 어떻게 버립니까? 매일같이 지켜보더니, 누가 그랬는지 못 봤단 말입니까?"

"잠깐 화장실 갔다 온 사이에 없어졌답니다. 정말 선생님이 버리신 게 아니란 말인가요?"

"허, 그렇다니까요. 너무 피곤합니다. 제발 가주세요."

"알겠습니다…. 그래도 혹시, 그 차를 보시게 되면 꼭 알려주세요. 이 아이에겐 정말 중요한 물건이라서 그래요. 찾아주신다면, 다시는 그 자리에 차를 대지 못하게 하겠습니다."

지운은 자신을 범인으로 단정 짓는 듯한 민규의 말투에 화가 나면서도, 그 낡아빠진 차를 왜 그렇게 애지중지하는지가 궁금해지기도 했다. 어쩌면 자리에 대한 자신의 편집증적인 집착처럼, 녀석에게도 어떤 이유가 있지 않겠냐는 생각이 문득 들어서였다.

"그 차가 왜 그렇게 중요한 겁니까? 칠도 다 벗겨지고 낡았던데요."

"말씀해 드리면, 찾아주실 건가요?"

"제가 가져간 게 정말 아닙니다. 이유를 듣는다고 해서 찾아주겠다는 약속은 못 하겠습니다."

"그래도 눈에 띄면 알려주실 거지요?"

"알겠습니다. 다시는 대지 않는다고 약속하셨으니 눈에 보이면 알려드리겠습니다."

"네, 그러면 말씀드리겠습니다. 그 장난감 차는 사실 이 아이의 양부모가 사준 물건입니다."

녀석은 태어나자마자 친모에게 버려져 보육원에 보내졌다. 다행인지 한눈에 보기에도 예쁘장한 외모와 어린 나이 덕에 녀석은 보육원 생활에 적응하기도 전에 입양되었다. 녀석의 양부모는 좋은 사람이었다. 아이가 생기지 않아 입양을 결심한 부부는 녀석을 친아들처럼 키웠다. 녀석을 입양한 부부는 삼 년 뒤 기적처럼 아이가 생겼다. '입양한 아이를 귀하게 여기면 삼신할머니가 그 부부를 어여삐 여겨 아이를 내려준다'는 속설이 정말이라며, 부부는 녀석에게 더욱 정성을 다했다. 안타깝게도 그 가정의 행복은 오래 가지 않았다. 둘째가 태어났고, 다시 또 2년이 지났을 때 부부가 교통사고를 당한 것이다. 화물차와 정면으로 충돌한 부부는 그 자리에서 즉사했다.

남자의 엄마, 그러니까 아이들의 할머니는 부부의 핏줄이 아닌 녀석을 키울 생각이 전혀 없었다. 입양하는 것 자체도 탐탁지 않았지만, 아들이 입양을 원했고, 게다가 아이가 생기지 않으니 그냥 두었을 뿐이었다. 그러니 당연히 둘째가 생기자마자 녀석은 파양하기를 바랐던 것이다. 귀한 아들이 죽었는데 피가 섞이지 않은 녀석까지 거둘 생각은 없었다. 아이는 다시 보육원으로 돌아갔다. 아이는 그새 나이를 먹은 탓에 입양이 어려웠다. 게다가 한 번 파양 당한 아이가 다시 입양되는 것은 불가능에 가까운 일이었다. 강아지들도 한 번 파양이 되고 나면 무슨 문제가 있는 것처럼 취급된다. 전 주인의 흔적이 묻어 있는 아이를 키우고 싶지 않은 것이다.

민규와 녀석이 만난 시기가 그때였다. 교육 봉사를 다니던 민규는 특유의 스스럼없는 성격으로 아이들과 금방 가까워졌다. 가장 늦게 마음을 연 것이 녀석이었다. 민규는 녀석의 사연을 들은 후로 녀석이 유독 아픈 손가락처럼 느껴졌다. 자연스레 봉사가 끝난 뒤에도 둘의 인연은 끝나지 않았다. 녀석은 한 달에 두어 번, 양부모가 사준, 이제는 몸이 커져서 앉을 수도 없는 작고 낡은 장난감 차를 끌고 민규를 찾아왔다. 그 차는 녀석의 다섯 살 생일날 부부가 사준 선물이었는데, 녀석이 그 집에서 유일하게 챙겨온 물건이기도 했다.

민규는 아이와 배달 음식을 시켜 먹기도 하고, 종종 영화를 보러 나가기도 했다. 유기견 봉사를 다니던 이들이 끝내 눈에 밟히는 강아지를 데리고 오는 것처럼, 민규도 녀석을 입양하고 싶어졌다. 그러나 젊은 미혼 남성이 아이를 입양하는 것은 아주 까다로운 일이었다. 민규는 더구나 사회초년생에 가까웠다. 보육원 원장이 몰래 아이를 외출시켜 주는 융통성을 가진 사람인 것이 그나마 다행이었다.

민규의 이야기를 듣고 난 지운은 녀석이 사납게 구는 이유를 이해하게 됐다. 버려진 개들은 사람을 믿지 못한다. 사람도 개도, 엉덩이 붙일 자리가 있어야 여유가 생긴다. 그 자리가 좁은 케이지이거나 낡은 맨션일지라도 말이다. 그날 이후 지운의 퇴근길은 괜히 골목을 돌아보는 일이 추가되었다. 누가 작정하고 훔친 것이라면 그렇게 해서 찾을 수 있을 리가 없다는 걸 알면서도 지운은 꽤 오랫동안 그 일을 반복했다. 하지만 끝내 녀석의 차가 돌아오는 일은 없었다.

지운은 녀석의 이야기를 들은 것이 후회됐다. 신발 속에 모래알이 들어간 것처럼 걸음마다 불편한 마음이 사라지질 않았다. 차를 찾을 수 있을 것이라는 희망을 잃어버린 녀석은 처음의 그 기세는 온데간데없이 무더위 속에 주인을 기다리는 개처럼 축 늘어진 채 동광맨션을 서성거렸다.

녀석이 보이지 않게 된 것은 뜨거운 여름이 끝나갈 때쯤이었다. 지운은 녀석의 오랜 부재를 이미 눈치채고 있었다.

녀석이 다섯 번은 더 방문했을 법한 시간이 지났지만, 녀석은 보이지 않았다. 지운은 결국 민규에게 녀석의 행방을 물었다. 수많은 이웃이 다른 케이지로 떠나는 동안 한 번도 관심을 보이지 않았던 지운이, 녀석에게 든 묘한 동질감 때문인지 윗집 방문객의 행방이 궁금해진 것이었다.

"새로 온 원장이 아주 조심스러운 성격이지 뭡니까, 외부인이 출입하는 걸 아주 싫어해요. 당연히 아이들이 외부인과 외출한다는 건 상상도 할 수 없는 일입니다. 몇 번이고 찾아가 사정을 얘기했지만 거절당했습니다."

보육원과 가까운 곳에 살기 위해 동광맨션으로 이사 왔던 민규는 돈을 많이 벌기 위해 다른 지역으로 떠날 것이라고 했다. 경제력이란 조건이 갖춰져야 입양이 수월해지기 때문이었다. 지운은 민규가 녀석을 데려올 수 있을 만큼 자리를 잡을 수 있을지, 그리고 나이가 들었을 때도 녀석에 대한 마음이 변치 않을지 의문이 생겼다. 민규가 그 목표를 달성하기 전에 녀석이 다른 곳으로 입양을 갈지, 또는 해외로 입양을 갈지도 모르는 일이었다. 지운의 눈에 그런 민규는, 마당이 있는 집으로 이사 가면 강아지를 키우겠다는 약속을 굳게 믿는 어린이처럼 보였다. 대부분의 아이는 어릴 때 원했던 것들을 어른이 되면 원하지 않게 된다. 지운의 현실적인 걱정과 달리, 민규의 표정은 아주 확고해 보였다.

민규가 이사 나간 뒤 502호에는 홀로 아이를 키우는 젊은 여자가 들어왔다. 여자는 밤낮으로 일을 나갔고, 아이는 집에 혼자 있는 날이 많았다. 아이는 아이답지 않게 조용했고, 지운의 주차공간을 침범하는 사람도 더 이상 없었다. 윗집은 너무 조용해 마치 아무도 살지 않는 것 같이 느껴져, 지운은 가끔 늦은 밤이면 귀를 기울여 윗집의 소리를 들으려 했다. 윗집에서는 간혹 화장실 물이 내려가는 소리와 작은 발소리만 들려올 뿐, 대화 소리가 들리는 날은 영 없었다. 지운의 일상은 다시 제자리를 찾은 듯 보였지만, 어쩐지 지운은 다른 강아지들을 모두 입양 보내고 개집에 남은 마지막 강아지가 된 듯 쓸쓸한 기분이 들었다.

중앙선

어디서부터 잘못된 건지 기억을 더듬어 본다. 후회되는 지점들이 너무나 많다. 미영의 그 수다스러운 입을 막아버리든지, 오늘따라 시끄러운 노래만 틀어대던 라디오를 꺼버렸어야 했는데. 미영도, 라디오 진행자도 말이 너무 많았다. 아니, 애초에 이런 후진 동네로 여행을 가자는 미영의 말을 무시했으면 될 일이었다. 어디서부터 잘못된 건지 모를 정도로 수많은 선택이 엉켜버린 결과물일까.

나와 미영이 탄 자동차 앞에 몇 살인지 모를 사내아이가 쓰러져 있었다. 미영이 시퍼렇게 멍든 얼굴로 부탁하는 바람에 얼떨결에 끌려온 이 동네는, 처음부터 마음에 드는 구석이 하나도 없었다. 유일하게 좋은 점이라면, 나를 아는 사람이 한 명도 없을 게 분명하므로 아무 눈치 보지 않고 언제든 담배를 피울 수 있다는 것이었다. 하지만 담뱃불 붙이는 잠깐 사이, 핸들을 놓고 눈을 돌린 것이 사고의 원인이었으니, 정말이지 여행지로 좋은 점이라고는 하나도 없는 것이 분명한 동네였다.

처음엔 시골이라 고라니라도 튀어나온 줄 알았다. 고라니보다 더 가벼운 느낌이라 큰 개를 쳤나 싶기도 했다. 그러나 눈앞에 피를 흘리고 있는 작은 생명은 짐승이 아니라 인간이었다.

미영은 음식물쓰레기를 제때 버리지 않아 남편에게 맞았다는 얘기를 하다 말고 갑자기 귀가 찢어질 듯 소리를 질렀고, 그제야 무언가 잘못되었음을 깨달았다. 조수석에 남편이 있었더라면 당장 구급차를 부르고, 이미 죽은 게 확실한 아이를 살리기 위해 심폐소생술이라도 했을 것이다. 그렇지만 지금 내 옆자리에 있는 건 미영이었다.

미영이 먼저 입을 열었다.

"아무도 없어, 별아."

몇 분이 지나고 나서야 아이의 사망을 확인했다. 미영은 맥박이 뛰지 않는 걸 확인한 후 재빠르게 여행용 캐리어의 짐을 다 비웠다. 작은 사이즈의 캐리어는 마치 아이의 몸에 맞춘 듯 꼭 맞았다.

"아무리 생각해도 이건 아닌 것 같아. 경찰에 신고해야겠어."

"별아, 잘 생각해 봐. 성인도 아니고 애야. 애들 치면 가중처벌 되는 거 몰라? 시댁에서 가만있겠어? 네 남편은 어떻고? 소문나면 네 남편은 회사에 어떻게 다니겠어? 감당할 수 있을 거 같아?"

미우나 고우나 나에게 유일한 가족은 남편이고, 시가였다. 한 번의 실수로 가족을 잃는 건 너무 가혹하다. 어떤 실수를 해도 나를 버리지 않을, 그런 가족이 있었다면 자수를 했을지도 모른다. 내 가족은 그런 단단함과는 거리가 멀었다. 자칫 손에서 놓치면 금방 깨질 유리잔처럼, 작은 실수에도 산산이 조각나고 말 것이다.

"그래… 맞아, 어쩔 수 없어. 나 정말 이혼하기 싫어. 나한텐 남편뿐인 거 너도 알잖아, 미영아."

"내가 알지, 별아. 우리한테 가족이 얼마나 특별한 건지."

미영은 자신만 믿으라며, 시체가 담긴 캐리어를 끌고 중앙선을 넘었다. 노란 중앙선은 흐릿하게 지워져 있었다. 나는 차마 미영에게 가까이 가지 못하고, 좀 떨어진 곳에서 미영이 캐리어를 절벽 아래로 던지는 모습을 바라보고 있었다. 미영의 표정은 어쩐지 후련해 보였다. 우리는 돌아오는 차 안에서 방금 있었던 일에 대해 한 마디도 나누지 않았다. 좀 전과는 달리, 쉴 새 없이 떠드는 미영의 목소리가 위안이 되었다. 미영을 집 앞에 내려준 후, 셀프세차장에서 들러 혹시 있을지 모를 흔적을 말끔하게 청소하는 것이 그날 여행의 마지막 일정이었다.

1

몸도 마음도 피곤했던 차라, 늘어지게 늦잠을 자고 싶은 마음이 가득했지만 2주 연속 교회를 빠지면 시어머니가 달가워하지 않을 것이 분명했다. 무거운 몸을 꾸물거리며 일으켜 교회로 향했다. 나를 항상 딸이라고 부르는 시어머니는 환한 얼굴로 나를 반겼다.

"사랑하는 내 딸아, 여행은 재밌게 다녀왔니?"
"네, 어머니. 감사해요."
"으응, 그랬구나. 밖에서 자느라고 불편하진 않았니?"

"죄송해요, 어머니. 친구한테 큰일이 있어서요."

"어머, 우리 딸. 나무라는 거 아니야. 엄마가 우리 딸 얼마나 예뻐하는데?"

시어머니는 아무리 마음에 안 드는 게 있어도 대놓고 타박하는 법이 없는, 항상 우아한 분이었다. 교회 사람들은 '시어머니 같은 분은 어디에도 없을 거라며, 나에게 복 받았다'라는 말을 자주 했다. 나는 그 말을 들을 때마다 '현관 밖에서는 무슨 말이나 할 수 있다'라고 대꾸하고 싶은 생각이 목 끝까지 차올랐지만, 얌전히 고개를 끄덕이며 웃고 말았다. 오늘은 어머니의 다정한 타박을 들어도 별생각이 안 들었다. 교회에 온 어린아이들만 봐도 심장이 바닥까지 떨어지는 기분이 들어 그걸 숨기는 데 급급했기 때문이다.

사실 평소와 크게 다를 건 없었다. 어차피 숨기는 게 많은 결혼생활이었다. 남편은 내 부모가 교통사고로 돌아가신 줄 안다. 평생 도박판을 전전하며 술독에 빠져 살던 아빠였고, 엄마는 그런 아빠를 견디지 못해 도망가고 말았다는, 싸구려 신파에나 나올 법한 사연을 굳이 알리고 싶지 않았다. 남편은 나를 안쓰럽게 생각은 하겠지만, 이해하지는 못할 것이기 때문이다. 남편은 재미없고 고리타분한 사람이다. 사람이 없는 건널목에서도 신호를 지키고, 잘못 받은 거스름돈을 돌려주기 위해 굳이 먼 거리를 다시 돌아가는 사람. 그게 백 원이라도 말이다. 그런 점이 결혼을 결심하게 했지만, 또 그런 점이 나를 숨 막히게 하기도 했다.

남편이 출장으로 며칠씩 집을 비운 날이면 나는 어김없이 편의점으로 향했다. 담배와 미영은 내가 미처 끊어내지 못한 과거의 흔적이었다. 결혼하면서 남편의 동네로 온 탓에, 동네엔 남편의 지인들과 시어머니의 지인들로 사방이 눈이었다. 나는 도둑고양이처럼 쪼그려 앉아 주변을 살핀 후 담배를 입에 물곤 했다. 담배를 끊었더라면 사고가 나지 않았을지도 모르는 일이니 결국 끊어내지 못한 과거가 내 발목을 잡은 셈이다.

나한테 담배를 가르친 건 아빠였다. 이젠 기억이 흐릿해진, 아주 어릴 적부터 아빠의 담배 심부름을 했다. 자주 보고, 사다 보니 입으로 가져가는 것도 어렵지 않았다. 이제는 얼굴도 기억나지 않는 엄마지만, 아빠랑 싸운 날이면 담배를 피우던 엄마의 모습은 또렷이 기억난다. 엄마도 아빠한테 담배를 배웠을까.

미영에게 전화가 온 건 그날로부터 일주일이 더 지난 후였다.

“별아, 전화가 늦었지? 이래저래 처리할 일이 많았네. 차에 놓고 간 내 짐 좀 챙겨줄래? 내일 집으로 갈게."
"아냐. 번거롭게 그럴 필요 없어. 내가 갈게."

미영의 목소리는 밝아 보였다. 그날 일은 한마디도 언급하지 않았지만, 어쩐지 생색이라도 내는 듯 의기양양한 목소리였다.

"여보, 내일 미영이 좀 만나고 올게요. 미영이가 차에 짐을 좀 놓고 가서."
"그래요. 그러고 보니 형우가 건강검진 결과 나왔다고 병원 한 번 들르라던데, 내일 미영이 만나기 전에 일찍 좀 다녀와요."

지금은 남편과 미영을 마주치게 하고 싶지 않다. 미영한테는 미안한 말이지만 솔직히 말하자면, 나조차 미영을 만나고 싶지 않았다. 미영을 만나지 않으면 그날 일이 없던 일이 될 것 같았기에.

2

병원 오픈 시간에 맞춰 형우가 있는 병원으로 향했다. 가기 싫은 병원이지만, 신경질적으로 액셀을 밟았다. 이왕 해야 하는 일이라면 빨리 해치우는 것이 마음이 편했다. 고운 사람 미운 데 없고, 미운 사람 고운 데 없다더니 이상하게 결혼 전부터 형우가 싫었다. 아니, '소름 끼친다'라는 표현이 더 정확할 것이다. 형우와 마주할 때마다 아빠 앞에 서 있던 어린 시절의 나로 돌아간 것 같은 기분이 들었다. 농담을 빙자한 성희롱이나, 어쩐지 한 곳을 보고 있는 것 같은 기분 나쁜 형우의 눈빛은 아빠를 떠올리게 했다. 하지만 형우가 시어머니 자궁의 악성 종양을 조기에 발견한 뒤로, 형우에 대한 시가와 남편의 신뢰는 절대적이었다.

"제수씨, 오랜만이에요. 자주 좀 오시지. 병원에 제수씨만한 미인이 없어서 힘이 안 나요."

"병원에 자주 와서 좋을 게 있나요. 건강검진 결과 들으러 왔어요."

"예, 알죠. 병원에 오시기 싫으면 밖에서 봬도 좋은데."

형우의 눈은 집요하고, 끈질기게 내 눈과 마주치기를 시도했다. 내가 끝끝내 그의 눈을 피해 시선을 내리깔아도, 그 눈은 여전히 나를 더듬고 있다는 것이 느껴졌다.

"이거 받아서 가면 되죠?"

"아니, 뭘 또 그렇게 급하게 가려고 하세요? 제수씨도 가만 보면 성격 참 급해. 그냥 받아만 가면 될 거면 제가 우편으로 드렸지. 굳이 오시라고 했겠냐는 말이에요. 제수씨도 아시죠? 그때 민수 어머니 큰일 치를 뻔하신 걸 제가…."

어쩜 저렇게 생색을 내지 못해서 안달일까? 시어머니 제사 자리까지 쫓아와 '그때 내가 병을 발견해서 건강하게 살다 가셨으니 저승에서도 편히 계실 거'라고 생색을 늘어놓는 형우의 모습이 그려졌다.

"네, 알죠. 모를 수가 없죠. 그래서 우리 그이, 어디 안 좋은 데라도 있다는 거예요?"
"그게 민수가 아니고, 제수씨, 아이 지운 적 있죠?"
"네? 그게 무슨 소리예요?"

오래전의 일이었다. 남편을 만나기 한참 전이었고, 어차피 낳을 수 있는 아이도 아니었다. 한 번도 후회해 본 적 없는 선택이었고, 그 사실을 아는 사람은 아무도 없었다.

"솔직히 말해 봐요. 수치가 그래, 수치가. 민수 친구가 아니고 의사로서 물어보는 거니까."

"그이한테는 말하지 마세요."

"역시 그랬구나? 내가 제수씨 학창 시절에 좀 놀았을 거 같다 했어. 예쁘고 좀 놀던 여자 중에 그런 경험 없는 여자 없거든. 이거 참, 민수는 고등학교 때 진짜 얌전했는데. 원래 좀 경험이 많은 여자들이 시집을 잘 가더라고."

나를 떠보았다는 걸 깨닫게 되자 부아가 치밀어 올랐다. 형우가 연신 딸깍거리는 볼펜을 뺏어, 형우를 찌르는 상상을 했다. 형우가 시가에 조금의 언질이라도 한다면, 상상이 현실이 될지도 모른다.

"아니, 뭐예요? 수치가 그렇다면서요."

"언제요? 그냥 뭐, 걱정돼서 물어본 겁니다. 민수한테는 말하지 않을 테니까 걱정 붙들어 매시고. 의료인한테는 비밀 유지 의무라는 게 있거든요. 근데 제가 또 입이 방정이라 실수할 수도 있으니까, 정 불안하시면 언제 입 좀 꿰매러 가셔도 되고요?"

"검사 결과나 주세요. 둘 다 이상 없는 거 맞죠?"

"예. 아주 건강합니다. 연락드릴게요. 제수씨."

제. 수. 씨. 악센트를 주며 말하는 형우의 목소리를 듣자

없던 병도 생기는 기분이었다. 이런 기분으로 미영을 만나러 가는 게 영 내키지 않았지만, 미영의 짐을 계속 차에 두는 것도 너무 찜찜한 일이었다. '별로 비싼 것도 없던데, 그냥 다 버리고 잃어버린 척 돈으로 물어줘 버릴까'란 생각을 잠시 했지만, 아무래도 부자연스러울 것 같다는 판단에 관두었다.

3

미영의 집으로 향하면서 미영도 나를 보면 그날 일이 떠올라 불편해하지 않을까 내심 짐작했는데, 큰 착각이었다. 미영의 얼굴엔 근심이라곤 찾아볼 수 없었다. 오히려 그날 얘기를 하고 싶어 안달 난 사람처럼 굴었다.

"별아, 세차는 잘했어? 어디 가서 했어? 하긴, 네가 직접 했겠구나."

"응, 짐 한 번 확인해 볼래? 나 남편이랑 저녁 먹기로 해서 일찍 가봐야 해."

"얘는, 뭐 이렇게 급하게 가려고 해? 오랜만에 봤는데 커피라도 마시고 가면 좋잖아."

"다음에, 다음에 먹자. 나 오늘은 정말 일찍 가봐야 해."

"그래. 참, 신랑 눈치 좀 봐야지."

"내가 왜 눈치를 봐?"
"아니, 그냥 며칠 집 비웠으니까… 너 예민한 거 보니까 여독이 안 풀렸나 봐. 얼른 가 쉬어. 조만간 보자."

미영은 다 이해한다는 듯이 고개를 끄덕거렸지만, 사실은 남편 눈치가 아니라 자기 눈치를 봐야 한다고 생각하고 있을지도 모른다. 자신의 '공로'를 치하해 주지 않는 내가 이해 가지 않을 것이다.

집에 도착해서야 지갑이 사라졌다는 사실을 깨달았다. 형우의 병원일까, 미영의 집일까? 둘 중 어느 곳에 놓고 왔든 달갑지 않은 일이다. 누구한테 먼저 전화할지 잠시 고민하다, 누구에게도 하지 않기로 마음먹었다. 차라리 다른 곳에서 잃어버렸기를 바랐다. 지갑 생각을 하지 않으려 애쓰며 저녁 준비를 하는데 초인종이 울렸다. 남편 퇴근 시간은 되지 않았을뿐더러 초인종을 누를 리가 없고, 시어머니라면 미리 전화하셨을 텐데. 불안한 마음으로 문을 열었을 때, 미영이 지갑을 흔들며 웃고 있었다.

"얘, 너 진짜 정신없나 봐. 지갑을 다 놓고 가고."
"전화하지 그랬어. 내가 내일 찾으러 가도 되는데."
"아냐, 아냐, 아까 너 아주 피곤해 보여서 내가 왔지. 금방 발견해서 출발한 건데도 버스로 오니까 꽤 걸리네. 위자료도 받았는데 나도 차 사야 할까 봐. 내가 차 뽑으면 너부터 태워줄게. 다음엔 내 차 타고 여행 가자."

미영은 그 여행이 둘도 없이 재밌었던 것처럼 굴었다. 아무리 운전을 내가 했다지만 일을 '처리'한 건 미영이었는데, 일말의 불편함이나 죄의식 따위는 느껴지지 않는 건지 물어보고 싶은 마음이 굴뚝같았다. 어떻게든 남편이 오기 전에 미영을 돌려보내고 싶었지만, 미영은 우리 집에서 저녁을 먹겠다고 단단히 마음먹고 온 것처럼, 일어날 기미도 보이지 않았다. 결국, 저녁 식탁엔 3인분의 음식이 차려졌다.

"미영 씨, 결혼식 때 뵙고 나서 처음이죠? 여행은 어떠셨어요?"
"은별이랑 저랑은 뭐, 어딜 가든 재밌죠. 전 얘 눈빛만 봐도 무슨 생각하는지 아는걸요."

미영과 남편은 죽이 척척 맞았다. 나는 미영이 말실수라도 하지 않을까, 먹는 둥 마는 둥 젓가락만 깨작거릴 뿐이었다. 미영이 정말 눈빛만 봐도 내 마음을 알 수 있다면, 지금 당장 입을 다물고 집으로 가야 한다.

"당신 영 밥을 못 먹네. 어디 안 좋아요? 그러고 보니 얼굴빛도 별로고, 형우가 별말 없었어요?"

"속이 좀 안 좋아서… 둘 다 아무 문제도 없다고 했어요."

식사가 끝나고 집으로 가려는 미영에게 남편은, 앞으로도 종종 들리라며 사람 좋게 웃었고, 미영은 그 말을 놓치지 않고 꼭 그러겠노라고 고개를 주억거렸다.

4

미영은 점점 더 간사하게 굴었다. 대놓고 말하지는 않았지만, 통화할 때마다 '꼭 사고 싶은 차가 있는데 돈이 조금 부족하다'라며 우는소리를 했다. 돈 내놓으라는 소리였다. 손에 쥔 무기를 최대한 활용해 얻을 수 있는 건 뭐든 얻어내고 싶을 것이다. 결국, 나는 미영에게 부족한 돈을 보태주겠노라고 말했다. 미영은 한 번은 형식적으로 거절했으나, 결국 꼭 갚는다는 허울 좋은 소리와 함께 계좌번호를 보내주었다. 미영이 부족하다고 말한 금액은, 남편 몰래 조금씩 모아두었던 예금보다 오만 원이 적었다. 교통사고 합의금을 치른 거라고 위안 삼으며, 이제는 미영의 전화가 뜸해지기를, 기왕이면 아예 끊기기를 기도했다. 미영에 관한 생각은 꼬리를 물고 형우에 관한 생각까지 가 닿았다. 미영이 아니었으면 벌어지지 않았을 일이었고, 형우만 아니었으면 아무도 모를 일이었다. 자기네들 때문에 벌어진 일인데, 그걸 숨겨주는 거로 생색을 내는 꼴이 너절하고 비열하다. 마음 같아서는 그냥 다 버리고 싶다. 다 버리고 사라지면 이 꼴들과도 안녕인데. 양반은 못 되는 인간인지 때맞춰 전화가 울렸다.

"제수씨, 언제 밥 사주실 거예요? 다음 주에 민수 어머니 병원에 오시기로 했는데."

차라리 형우의 입을 막을 수 있는 게 돈이라면 얼마나 좋을까, 그럴 수 있다면 옛날 말로 달러 빚을 내서라도 돈을 마련할 터였다. 마냥 피했다가는 정말 시어머니에게 무슨 낌새라도 비추지 않을까 싶어 다시 형우의 병원으로 향했다. 4일 만이었다.

대기실에서 차례를 기다리며 아무 생각 없이 텔레비전을 보고 있는데 뉴스에 익숙한 얼굴이 보였다. 분명 그 아이였다. 아무 내색도 하지 않으려 심호흡하며 다시 뉴스 화면을 보았을 때, '보육원에서 실종되었던 아이가 가파른 절벽에 떨어져 실족사했을 것으로 추정되며, 시체를 찾기는 어려울 것 같다'라는 얘기를 아나운서는 기계적인 목소리로 말하고 있었다. 이제 그 사고의 진실은 미영이 아니면 밝혀낼 사람이 없게 되었다. 그게 다행인지 불행인지 생각에 빠지려던 찰나 데스크에서 건조한 목소리로 내 이름을 불러왔다.

이제 형우는 아예 눈빛을 감출 생각도 없는 듯, 대기실로 들어서는 내 몸을 노골적으로 훑어보았다. 당장에라도 다시 문을 닫고 나가고 싶은 욕구를 억누르며 의자에 가 앉았다.

"저는 예전부터 제수씨랑 각별하게 친한 사이가 되고 싶었어요."

형우가 이번에는 '각별'이라는 단어에 유난히 악센트를 주며 히죽거렸다.

"근데, 증거 있어요? 그냥 형우 씨 추측 아니에요?"
"어허, 제수씨. 그때 다 인정해 놓고 그런다. 난 사실 낙태한 거 그렇게 나쁘게 보고 그런 사람 아닌데, 민수 네가 워낙 보수적이니까, 숨겨주려는 거지. 그리고 뭐 증거가 중요한 게 아니라는 건 제수씨가 더 잘 알잖아요?"

갑자기 목이 타는 듯 갈증이 느껴졌다. 나는 확률이 낮은 도박판에 던져졌고, 걸린 것은 내 결혼생활이었다. 남편과 시어머니는 형우의 말이라면 어떤 허무맹랑한 말이라도 믿을 것이다.

"원하는 게 뭔데요?"
"제수씨, 제수씨는 성격이 너무 급하다니까요? 문자나 잘 확인하세요."

혹시나 했는데 역시나 형우는 더는 나빠질 수 없을 만큼 질 나쁜 인간이었다. 진료실을 나오자마자 보이는 벽면에는 형우가 어린 미혼모들 대상으로 무료 의료봉사를 했던 사진이 걸려 있었다. 사진 속에선 사람 좋은 미소를 짓고 있는 형우의 속마음을 아는 이는 몇이나 될까, 생각하니 실소가 나왔다.

5

기대와 달리 미영의 연락도 계속되었다. 오히려 돈을 보내주기 전보다 더 늘어난 듯도 했다. 원래 기부를 안 하던 사람한테 기부를 시작하게 하는 것보다 기존 기부자들에게 금액을 늘리게 하는 게 쉽다던데, 미영도 그걸 알고 있는 모양이었다. 내게서 뜯어낼 수 있을 만큼 뜯어내고 싶은 게 분명했다. 어차피 미영이 시체를 집 안에 모셔두고 있는 것도 아니고 더 이상의 수사가 이루어지지 않을 것이 거의 확실해 보이니 더는 불안해하지 않아도 된다고 나 자신을 세뇌했다. 그렇지만 혹시나 미영이 입을 잘못 놀리기라도 하면 법적인 처벌은 둘째치더라도, 피곤해지는 건 당연지사이니 당분간은 미영을 달래줘야 했다. 미영은 차를 뽑자마자 시승식을 하자며 신나서 집으로 찾아왔다. 신랑이 집에 없는 주말이었던 것이 그나마 다행이었다.

"짜잔. 너 아니었으면 못 샀을 차야. 너 제일 먼저 태워주려고. 나, 이래 봬도 남편 대리운전 경력만 3년이야. 믿고 타!"

그 말대로 미영은 제법 운전을 잘했다. 미영의 전남편은 술을 마셨을 때가 아니면 절대로 미영에게 차 키를 넘기지 않았지만, 술을 매일 먹었다. 그가 '집구석에서 놀고 있는 사람이 있는데 왜 대리기사한테 공돈을 주냐'며 미영을 불러대는 탓에, 미영은 한겨울이고 한여름이고 자전거를 타고 대리기사 노릇을 하러 다녔다. 미영은 대리기사 노릇이 처음엔 싫었지만, 나중엔 기다려졌다고 했다. 운전하는 동안 자신이 남편의 목숨줄이라도 쥐고 있는 것 같은 기분이 들어서 숨통이 트였기 때문에.

"은별아, 우리 다음엔 네 신랑이랑 셋이 놀러 갈까? 아니면 네 신랑 친구 한 명 데리고 넷이 가도 좋고."

"물어는 볼게."

미영의 쉼 없는 말소리를 들으며 가는 드라이브 길은 꼭 그날처럼 시끄러웠다. 단지 운전자만 미영으로 바뀌었을 뿐. 라디오 DJ는 암에 걸리지 않는 방법은 스트레스를 받지 않는 거란 뻔한 소리를, 세기의 발견이라도 되는 양 떠들어댔다. 그날의 나와는 달리, 미영은 사고를 내지 않고 나를 집 앞에 무사히 내려주었다. 그날 밤 미영에게서, '힘든 일이 있으면 언제든 말하라'라며, '뭐든 도와주겠다'라는 내용의 문자가 왔다. 정말 뭐든 도와줄 수 있다면 나 대신 형우 목에 볼펜이나 꽂아주었으면 좋겠다고 생각했다.

형우의 문자가 온 건 조마조마하던 며칠이 지나고, 혹시 나에게 흥미가 떨어진 건 아닐까 기대하던 어느 날 밤이었다. 남편이 출장에서 돌아오기 하루 전날이었다. 문자에는 노래방과 룸살롱이 가득한 유흥가의 끝에 있는 모텔 주소가 적혀 있었다. 우리 집과는 아주 멀리 떨어진 곳이었다. 숨겨놓았던 담배를 찾아 주머니에 쑤셔 넣고 길거리에서 택시를 골라잡았다. 모텔 주소를 불러주자 택시기사는 백미러로 나를 계속 훔쳐보았다.

택시에서 내리자마자 시끄러운 음악 소리에 귀가 찢어질 듯했다. 우리 동네였으면 대부분 가게가 영업을 종료할 시간이었지만, 이곳은 한창이었다. 간판은 번쩍거렸고, 계절에 안 맞는 옷을 입은 여자들이 바쁘게 위로 아래로 향하고 있었다. 모텔로 건너가기 전 그녀들 사이에 섞여 담배 한 개비를 입에 물었다. 오늘따라 마지막 한 모금까지 유난히 아쉬웠다. 꽁초를 발로 비벼 끄고 담배가 반쯤 남은 담뱃갑은 건널목 가운데에 던졌다. 오가던 사람들은 잠시 나를 쳐다보기는 했지만 이내 다시 시선을 돌렸다. 카운터로 향하지 않고, 바로 엘리베이터로 향하는 나를 모텔 주인은 심드렁하게 쳐다보았다. 엘리베이터에서는 비도 오지 않았는데 꿉꿉한 냄새가 났다.

6

얼마나 시간이 지났을까, 혹여 누구라도 마주칠까 하는 불안한 마음은 엘리베이터조차 탈 수 없게 했다. 계단을 내려오는 다리는 점점 후들거렸고, 다 내려와선 거의 주저앉고 싶은 마음이 들었다. 추운 날씨인데도 땀이 비 오듯 흘렀다.

휘청거리는 몸을 간신히 부여잡고 유리문을 열었다. 촌스러운 도어벨이 귓가를 울렸다. 요란한 기계음을 뒤로한 채

유리문 밖에 섰을 때, 웬 남자 한 명과 맞닥뜨렸다. 나는 일순 소스라쳐 뒷걸음질 칠 뻔했다. 정면으로 마주친 중년 남자는 어린 시절 나의 아빠와 닮아 있었다. 골격이 크지만 깡마르고, 다부진 몸과 음산한 기운, 빨갛게 충혈된 눈과 어슬렁거리듯 위험해 보이는 걸음걸이마저 똑같았다. 절대 아빠일 수가 없다는 걸 알면서도 놀란 기색을 감출 수 없었다.

그는 자신이 물고 있던 담배를 바닥에 튕겨 버리며 나를 위아래로 뜯어보았다. 그는 나와 같은 담배를 피우고 있었다. 그때 남자의 뒤쪽에서 오빠, 하는 소리와 함께 젊은 여자 한 명이 따라왔다. 나는 애써 그에게서 시선을 거두고 빠른 걸음으로 그들을 지나쳤다. 모텔 주차장을 나갈 때까지, 젊은 여자와 팔짱을 낀 채 모텔에 들어서면서도 나를 훑어보는 남자의 시선이 느껴졌다. 나도 얼마의 돈을 지불하면 하룻밤을 보낼 수 있는 여자로 보고 있을 터였다. 그 기분 나쁜 눈빛이 십수 년 전 기억을 소환했다.

어릴 적 난, 아빠가 그저 다정한 사람인 줄만 알았다. 술만 취하면 나를 더듬던 손길이나, 늦은 밤 내 방을 찾아와 가벼운 옷차림의 나를 훑어보던 눈길이 그저 부정 父情의 일부인 줄 알았다. 어린 딸에게 담배를 물려주고, 캑캑거리는 날 보고 재밌다는 듯 웃고 또 껴안는 일들이, 특별히 잘못된 일이란 생각은 하지 못했다. 걸핏하면 부모, 특히 아버지에게 손찌검을 당하던 동네 아이들은 내가 맞지 않는다는 것만으로도 부러워했기 때문이다. 머리가 크고 나서야 보통 아빠들과 우리 아빠는 아주 다르다는 사실을 알았다.

"우리 딸, 오늘 아빠가 돈 많이 벌어왔는데, 용돈 좀 줄까?"

도박판에서 운 좋게 몇 푼이라도 번 날이면, 내겐 필요도 없는 큰돈을 쥐여주며 기분을 내곤 했다. 그리곤 당연하다는 듯 나를 더듬었다. 나는 그게 어떤 의미인지 몰랐고, 어떤 기분도 느끼지 못했다. 다행인지 어떤 선은 넘지 않았고, 자연스러운 일상이 되었을 뿐이다. 적어도 나에게 직접적인 폭력을 행사하지는 않았으니까.

"당신, 별이 버릇 나빠져. 너무 큰 돈 주지 마."
"네까짓 게 뭘 안다고 잔소리야?"

엄마는 어렸다. 나이도 어렸고, 아빠의 아내이자 나의 엄마이기에는 더더욱 어렸다. 나에게는 마냥 상냥했던 아빠는, 엄마에게는 거친 소리를 잘도 했다. 어릴 적엔 엄마만 가만히 있으면 둘이 싸울 일도 없는데 엄마는 왜 이렇게 아빠한테 대들까 싶어서 엄마가 싫었다. 엄마 나름대로 나를 지키려고 했던 노력이었음을 몰랐다. 엄마가 나간 뒤로 아빠의 손길은 더더욱 노골적으로 변했고 여차하면 아슬아슬하게 지켜오던 그 선을 넘어버릴 것만 같았다. 그제야 나는 알아차렸다. 엄마는 나와 자신을 지키다가 차츰 그 자신조차 지키기 버거워져 도망쳤다는 사실을. 비로소 나는 점점 내 인생이 잘못되어 가고 있다는 기분이 들었다.

미영과 힘을 합쳐 집을 나온 뒤로 의식적으로 잊으려 했던 아빠의 생각이 오늘따라 계속해서 떠올랐다. 내 인생을 망친 건 아빠였다. 사람이 내 아빠고, 내가 그 사람의 딸이라는 게 문제였다. 만약 내가 시댁에서 태어나 귀염받고 자란 고운 딸이었다면, 이런 일 따위 겪지 않았을 거고, 담배도 피지 않았을 테고, 그 후진 동네의 불쌍한 어린애도 차에 치여 죽지 않았을 테니까.

상념에 잠기지 않으려 노력하며, 서둘러 택시를 잡아타고 집에 돌아왔다. 집에 돌아오자 그동안의 불면증이 거짓말인 것처럼 남편이 오는 소리도 못 듣고 긴 잠에 빠져들었다. 그날 밤은 긴 꿈을 꾸었다. 꿈에서 나는 절벽에서 떠밀리고 있었다. 나를 물 밑으로 떠민 사람의 얼굴은 형우이기도 했고, 미영이기도 했다. 계속해서 바닥으로 가라앉았을 때 심해에서는 아빠가 나를 기다리고 있었다. 실핏줄이 다 터진 두 눈을 희번덕거리며, 나를 똑바로 바라보면서. 아빠는 까만 입술을 벌려가며 뭐라고 뻐끔뻐끔 말하는 듯했으나 입에서는 소리 대신 거품만 퐁퐁 나올 뿐이었다.

7

식은땀을 흘리며 잠에서 깼을 때, 남편은 이미 출근하고 없었다. 이런 얼굴로 마주하지 않아 다행이었다. 악몽에서 빨리 빠져나오기 위해 텔레비전을 틀고 볼륨을 높였다. 텔레비전에서는 남편이 출근하기 전 보던 뉴스가 이어서 나오고 있었다.

뉴스 말미에 아나운서가 다급한 목소리로 캐리어에 담긴 아이의 시체가 발견되었다는 속보를 전했다. 실종사로 처리될 예정이었던 사건이 뺑소니 사건으로 추정되며, 원점부터 다시 수사를 시작할 거라고 전하고 있었다. 손에 땀이 맺혔다. 모든 게 밝혀졌을 때의 상황을 상상해 보았다. 이때다 싶어 나에 대한 온갖 추문을 떠들어댈 사람들이, 언뜻 생각해도 한둘은 아니었다. 캐리어는 미영의 것이었다. 미영이 잡힌다면, 나까지 잡히는 건 시간문제일 터였다. 아나운서가 이미 나에게 사형선고라도 내리고 있는 것 같아 정신이 아득해졌다. 그제야 나는, 나와 미영이 발을 딛고 서 있던 곳이 안전지대가 아니라 절벽 위였다는 것을 깨달았다. 시체를 벼랑에 던져버리는 것으로 해결될 일이 아니었다. 눈앞이 새하얘져서 아무것도 보이지 않았다. 그때 휴대전화가 요란하게 울려댔다. 미영의 전화였다.

"별아, 너도 뉴스 봤지? 우리 좀 만날까?"

피하고 싶었다. 그러나 다른 방법이 없었다. 미영과의 만남은 그날 이후로 항상 내키지 않는 일이었지만, 오늘만큼은 순순히 그러자고 대답할 수밖에 없었다. 미영은 곧 차를 끌고 집 앞으로 찾아왔다.

어딜 들어가서 말하기도 무서운 얘기인지라, 목적지를 정하지 않고 외곽도로를 탔다. 라디오에서도 뺑소니 사고에 대해 떠들어대고 있었다. 죽은 아이가 보육원 출신이라는 점이 사람들의 동정심을 자극하는 모양이었다. 30분쯤 지났을까, 엔진에 문제가 있는지 털털거리는 소리가 나며 속도가 줄었다. 미영은 급하게 갓길에 차를 대고, 보험사로 전화를 걸었다. 차가 많이 다니지 않는 도로인 것이 다행이었다. 보험사에서는 곧 직원이 갈 거라고 말했지만 그 직원은 시간이 꽤 지나도록 도착하지 않았다. 사고가 났는지 길이 많이 막힌다고 했다. 이곳 도로는 화물차 몇 대만 간간이 지나갈 뿐 텅텅 비었는데, 이상한 일이었다. 기름도 넉넉하지 않고, 마냥 차에서 기다리기엔 좀이 쑤셨다. 차에서 나와 담배를 입에 물었다. 건너편에 슈퍼가 눈에 띄었다. 아마도 화물 운전사들이 이용하는 간이슈퍼인 듯했다. 저런 곳에 뭐가 있을까 싶었지만, 마침 갈증이 느껴져 미영과 슈퍼로 향했다. 생각보다 슈퍼 안에는 물건이 다양했다. 운전하는 사람이나 들릴 것 같은데 술이 팔리나 싶었지만, 냉장고 안에는 술도 그득 채워져 있었다. 맥주를 보자 미영의 눈이 반짝거렸다.

"나 맥주 한 캔 마셔도 되지?"

나는 고개를 끄덕거렸고, 미영은 말과는 다르게 한 아름 술을 집어 들었다. 슈퍼 주인은 밖에 세워놓은 차를 힐끔거렸지만, 별말은 하지 않았다. 다시 차로 돌아가 미영은 맥주를 마시기 시작했고, 나는 담배를 하나 더 입에 물었다.

"이러니까 우리 놀러 온 거 같다, 그렇지? 아까 그 뉴스는 너무 걱정하지 마, 별일 없을 거야. 설마 그렇게 빨리 발견될 줄은 몰랐지만 말이야."

의기양양하게 말하는 미영의 입을 비틀고 싶었다. 내 속을 아는지 모르는지 미영은 곧 술에 취해 옛날 일까지 끄집

어냈다.

"우린, 그러고 보면 그날도 참 대단했어. 벌써 십 년도 더 지났는데 아무도 모르잖아. 하긴 그런 인간들 없어지는 게 세상에 더 좋은 일이지, 그러니까 여태 아무도 안 찾는 거야. 더러운 인간들."

"잘 기억 안 나, 난."

되는대로 떠들어대는 미영의 목소리가 잦아들면서, 내가 외면해왔던 기억들이 스멀스멀 떠오르기 시작했다. 잊고 싶었지만 잊히지 않아 외면할 수밖에 없었던 기억들이었다. 사실은 미영과 집을 나오던 그 날의 기억이 어제 일처럼 선명했다. 시끄럽게 틀어놨던 텔레비전 소리, 유난히도 싸늘했던 방 안의 공기, 비릿하게 코를 찌르던 냄새까지.

짧은 찰나에 아빠의 뒤통수를 내려친 술병은, 날카롭게 조각난 채로 바닥에 흩뿌려졌다. 툭하면 나를 더듬던 아빠의 거칠고 두툼한 손은 힘없이 늘어져 있었다. 나는 그때만 해도 어떤 생각도 하지 못하고 멍한 상태로 있었다. 다만 엎질러진 술처럼 저렇게 바닥에 힘없이 늘어진 저 손을, 내가 그렇게도 두려워했다는 사실이 허무했을 뿐이었다. 나는 망연자실한 채 그 손을 하염없이 바라보았다. 금방이라도 그 손이 움직여 나를 공격할 것만 같았다. 그렇게 넋 놓고 있던 나를 일으킨 건 미영이었다. 미영은 그날도 나를 대신해 선을 넘었다.

"별아, 있잖아. 나는 네가 너무 부러워. 너는 찾았잖아, 가족, 우리가 바라던 가족."

미영은 아빠처럼 눈이 빨갛게 충혈되어 있었다. 불현듯 아빠는 자신이 무엇을 잃게 될 수 있다는 것조차 몰라서 그렇게 함부로 살았을지도 모른다는 생각이 뇌리를 스쳐 지나갔다. 순수한 아이가 때로는 아무렇지 않게 더 잔인한 행동을 저지르는 것처럼, 아빠의 폭력은 혼탁하고 무분별했다. 그리고 어쩌면 미영도 그날의 행동이 자신에게서 무엇을 앗아갈지 조차 모른 상태에서 저지른 것이 않았을까라는 생각이 들었다. 그날 이후 나와 함께 집을 나온 뒤 한참이 지나서야, 미영은 문득 자신의 삶이 망가지고 있음을, 그날 잃은 것이 결코 가벼운 것이 아니었음을 깨달았을 것이다.

생각이 거기까지 이르자 섬찟한 기분이 들었다. 그때의 나는 미영과 다를 바가 없었을지도 모른다. 그저 당장 폭력에서 도망갈 수 있음에 안도하는, 바보 같은 아이에 불과했을 것이다. 나는 곁눈질로 눈을 감지 않으려 애쓰는 미영을 바라보며, 입술을 지그시 깨물었다. 지금의 나는 미영과 달리 지키고 싶은 것이 많아졌다. 미영이 졸음과 싸움에서 서서히 패배하는 것을 바라보며, 나의 눈꺼풀도 점점 무거워졌다.

얼마나 지났을까. 깜빡 잠들었다가 눈을 뜬 나는 화들짝 놀라며 주위를 살펴보았다. 미영은 얼굴이 벌게져서 졸고 있었다. 얕은 코골이까지 하고 있는 데다가 몸도 전혀 뒤척이지 않았다. 누가 업어가도 모를 정도로 숙면하고 있었다. 나는 까닭 모를 안도감에 길고 깊은 한숨을 내쉬었다. 몇십 분의 짧은 시간 졸았다가 깼을 뿐인데, 오랜 세월이 흐른 것 같았다.

혹시나 해서 다시 시동을 걸어보니, 묵직한 배기음과 함께 시동이 걸렸다. 허탈해진 내 마음의 다른 한편으로 반가움이 일었다. 나는 미영의 휴대전화를 꺼내 보험사 직원에게 전화를 걸었다. 그는 변함없이 오는 중이라는 말만 반복했다.

"안 오셔도 될 것 같아요. 시동이 다시 켜지네요."

"거의 다 왔는데…. 그래도 한 번 보고 갈게요."

"아니에요. 시간이 없어서요."

"네, 알겠습니다. 그럼 꼭 내일이라도 점검받아보세요. 죄송합니다."

보험사 직원은 정말 미안하다는 듯이 연신 사과를 했지만, 나는 정말 직원이 출발하기나 했는지 모르겠다는 의구심이 들었다. 어딘가 결함이 있지만, 다시 멀쩡히 시동이 걸린 이 차가 꼭 내 인생 같았다. 잠시간은 멀쩡할지 모르지만, 고치지 않으면 언젠가는 다시 시동이 꺼지고 말 것이다.

8

다시 집으로 향하는 길, 나는 곤히 잠든 미영을 대신해 핸들을 잡았다. 조금 전까지도 멀쩡했던 하늘에서 갑자기 비가 쏟아졌다. 물을 붓듯이 쏟아지는 비에 차체가 흔들렸다. 나는 아이가 죽었던 그 비탈길로 차를 몰았다. 몇 시간 전의 맑은 날씨가 거짓말인 것처럼, 가는 내내 비는 그칠 생각이 없었다. 나는 그곳에 도착해서 미영이 깨어나기를 기다렸다. 미영은 한참이 지나고서야 눈을 떴다.

"뭐야, 여긴 왜 왔어?"
"그냥, 한 번 와서 확인해봐야 할 것 같아서."

나는 우산을 쓰지 않고 차에서 내려 미영이 넘었던 그 중앙선을 지나 절벽 끝까지 터벅터벅 걸었다. 미영이 급하게 우산을 가지고 내려 나를 쫓아왔다. 나는 캐리어가 굴러떨어졌을 자리를 처음으로 바라보았다. 가파른 절벽이었다. 뒤를 쫓아온 미영이 내 시선을 쫓아 고개를 숙였다.

"저기 그 아이가 있는 거 같아."

"무슨 소리야, 시체는 이미 발견됐다고 하잖아."

"그거야, 모를 일이지. 진짜 그 아이 시체가 맞는지 아닌지, 그 나이 또래 애들 다 비슷해 보여."

미영의 말이 사실이 아닐 것을 알면서도 심장이 빠르게 뛰었다. 세찬 비에 시야가 가려져 미영이 말한 물체가 자세히 보이지 않았다. 사람인지 돌인지, 시커먼 덩어리처럼 보일 뿐이었다.

조금 더 자세히 보려고 시선을 조금 더 아래로 내리자, 그 물체가 절벽 위로 기어오르고 있는 듯했다. 순간 너무 놀라서 나도 모르게 발이 미끄러졌고, 주저앉아 숨을 거칠게 내쉬는 나를 미영이 눈이 동그래져서 바라보았다.

"저기, 저기 뭐가 진짜 있어, 올라오고 있어."

"무슨 소리야, 별아, 비가 너무 와서 그래."
"네가 좀 자세히 봐봐, 난 도저히 못 보겠어."

미영은 순순히 아까 내가 있던 자리로 가 허리를 깊이 숙였다. 나는 둥글게 구부린 미영의 등을 보며, 아까부터 나에게 들었던 충동의 정체가 무엇이었는지 깨달았다.

미영의 등을 떠미는 것은 어렵지 않았다. 무방비상태였던 미영은 한 마디 비명조차 없이 아래로 굴러떨어졌다. 거센 비바람에 미영의 몸은 빠르게 아래로 추락했다. 미영을 민 것은 내가 아니라, 마치 바람인 것처럼도 느껴졌다. 절벽에서는 작은 돌덩이들이 미영과 함께 부서져 아래로 떨어지고 있었다. 떨어지는 미영의 눈동자와 내 눈동자가 마주쳤을 때, 미영에게 내가 빨려 들어가는 기분이 들었다. 미영의 얼굴과 내 얼굴이 겹쳐 보이며 정신이 아득해졌다.

눈을 뜬 뒤의 기억은 산발적으로 떠올랐다. 이질적일 만큼 하얀 병원의 벽면, 나를 걱정하고 있는 남편과 시어머니의 얼굴, 그리고 심각한 표정의 경찰들. 정신을 차린 후에야 나는 미영이 정말로 죽었다는 사실을 알게 되었다. 경찰과 지루한 심문은 며칠에 걸쳐 계속되었다. 나는 미영이 죄가 밝혀지는 것이 두려워 나와 동반 자살을 하려 했다고 말했다. 그날 발견된 캐리어가 미영의 것이었기 때문에 나의 주장은 힘을 얻었다. 운전한 것도, 시체를 유기한 것도 미영이고, 계속해서 미영에게 협박을 받고 있었노라고, 가족에게 피해를 주고 싶지 않아 참아왔지만, 죄책감에 너무나 힘들었노라고 눈물을 흘렸다. 어머니를 따라다니며 봉사활동을 해왔고, 성실한 남편과 별 탈 없이 살고 있는 나는, 누가 봐도 피해자였다. 남편 몰래 미영에게 송금했던 돈도 그 증거였다. 갑작스러운 상황이었는데도 거짓말이 술술 나왔다. 계속 거짓말을 하다 보니 정말 모든 짓은 미영이 했고, 나는 피해자였던 것 같은 착각마저 들었다.

그럼에도 미영을 밀었던 손끝의 감각은 또렷하게 남아 있었다. 처음으로 내가 누군가의 인생을 바꿔놓았다고 생각하니, 짜릿한 기분마저 들었다. 그런 기분을 느끼는 나 자신에게 소스라치게 놀라 정신이 번뜩 들기도, 그런 기분에 취해 웃으며 잠이 들기도 했다.

미영을 변호해주는 사람은 아무도 없었기 때문에, 경찰은 결국 수사를 종결했다. 미영의 장례식장에서 남편은 '미영이 원래 좀 음습한 구석이 있었다'라고 했다. 미영의 죽음을 진심으로 슬퍼하는 사람은 아무도 없었다. 그날 사건은 점차 사람들의 기억 속에서 희미해졌고, 남편과 시어머니도 그 사건을 다시는 대화의 화제에 올리지 않았다.

9

형우의 전화가 다시 걸려온 건 미영의 장례식이 끝나고도 몇 주가 지났을 무렵이었다. 남편이 출근한 후 설거지 중이었다. 불현듯 핸드폰 액정에 형우의 이름이 번쩍거렸고, 그동안 형우를 까맣게 잊고 있었다는 사실을 깨달았다. 나는 손에 묻은 물기를 대강 털고 핸드폰을 집어 들었다.

“제수씨, 마음고생 많이 했을 텐데, 제가 위로 좀 해드리려고 전화했어요.”

형우는 내가 겪은 일이 아무 일도 아니었던 것처럼 능청스럽게 굴었다. 그저 사소한 불운, 마치 핸드폰을 잃어버린 정도의 일처럼. 아무리 모르는 사람이라지만, 한 사람의 죽음 앞에 형우는 그저 자신의 욕망을 채우는 것에 급급해 보였다. 변함없이 뻔뻔한 형우의 모습에 나도 모르게 실소가 터져 나오려는 것을 간신히 집어삼켰다.

“형우 씨, 저랑 드라이브 안 가실래요? 멀리 바람이라도 쐬러 가요, 우리.”

“허, 제수씨가 무슨 바람이 들어서 이러실까? 그날 저, 제법 괜찮았나 보죠? 하기야, 민수 같은 범생이가 뭘 알겠어요.”

"맞아요, 형우 씨. 정말 못 잊겠더라고요, 그날."

혹시나, 180도 바뀐 나의 태도에 형우가 일말의 의심하지 않을까란 걱정도 잠시 했다. 그 걱정이 무색하리만치 신난 목소리로 나를 데리러 오겠다고 말하는 형우의 목소리를 듣자, 웃음이 비실비실 새어 나왔다. 전화를 끊고 부리나케 달려오고 있을 형우를 기다리며, 그제야 나는 웃음을 터트렸다. 창밖에는 비가 내리고 있었다. 좋은 날씨였다.

도미노

마을의 작은 가게들을 살리자는 취지로 만든 A기업은 대표와 현주, 그리고 현주의 남자친구인 K까지 세 명이서 단출하게 시작했지만, 지금은 제법 규모가 커져 백여 명의 직원을 고용하고 있었다. A기업이 이렇게까지 성장하게 된 것은 회사 초창기에 대표가 발견한 동네의 작은 빵집 덕이었다. 젊은 부부가 운영하는 작은 빵집은 구석진 골목에 위치한 데다가 수완이 영 부족한 탓에 매달 적자를 면하지 못하고 있었다. 그러나 그 맛만큼은 뒤돌아서면 생각날 만큼 훌륭했던 터라, A기업을 만나 비로소 꽃을 피우게 되었던 것이다. 대표의 말에 따르면 그 작은 빵집의 대표메뉴인 쌀로 만든 크림빵을 처음 먹었던 순간, 그동안 이 가게를 발견하지 못한 자신이 원망스러울 정도였다고 했다. 얼마나 인기가 좋았는지 초반에는 물량을 감당하지 못해 소비자가 배송을 받기까지 한 달이 더 걸릴 정도였다.

A기업에는 독특한 원칙이 있었는데, 한 번 들어온 사람은 절대 자르지 않는다는 것이었다. 이 원칙은 창업 초기부터 대표가 고수했던 것으로, 대표의 이상주의자 같은 면모를 보여주는 원칙 중 하나였다. 하지만 대표는 대박이 날 만한 사업 아이템을 알아보는 동물적인 감각과 가장 중요한 자본금, 즉 돈이 있었기에 다소 납득이 가지 않는 원칙을 내세우더라도 직원들로선 받아들일 수밖에 없었다.

개발팀장인 K는 현주의 전 직장 상사이기도 했다. 현주는 함께 직장에 다닐 때부터 그가 '쌀빵' 같은 사람이라는 것을 알아보았다. 쌀로 만든 빵은 밀가루로 만든 빵보다 덜 부풀어 크기는 작지만, 밀도가 높고 쫀쫀하다. 그가 참여한 프로젝트는 시간이 오래 걸릴지라도 반드시 성공적인 결과를 가져왔다. 그는 항상 다른 사람들이 놓칠 법한 문제를 예리하게 체크했고, 명문대 공과대 출신답게 기본기가 탄탄했다. 그는 다른 이들처럼 성과를 부풀리는 법을 몰라 크게 눈에 띄지는 못하지만, 훨씬 더 무겁고 단단한 사람이었다. 그는 현주와 함께 A기업을 일으킨 일등 공신이면서도, 대표의 지나친 이상주의에는 늘 반대하는 입장이었다.

"내 눈에 들어서 우리 회사에 들어온 사람이면, 어디에든 쓰일 곳이 있을 거예요."

대표는 항상 이렇게 말하며 실패한 프로젝트와 함께 정리되어야 할 수많은 인력을 방치했다. 그러나 대표의 이런 방침은 크게 문제를 일으키지 않았는데, 이는 현주의 공이 컸다. 현주는 A기업의 인사팀장이었다. 현주는 사업구상 초기부터 인사팀장을 맡겠다고 자진했다. 소기업은 대체로 인사팀장이 총무부터 경리업무까지 모두 맡을 수밖에 없는 구조이기에, 경험이 많은 현주의 제안을 대표가 거절할 이유는 없었다. A기업은 사람을 내보내지 않았지만 나가려는 사람을 붙잡지도 않았다. 그것 또한 사원의 자유의지를 존중한다는 명분이었다. 대표는 사원을 먼저 자르지 않는다는 조건을 전제로 인사에 관해 현주의 결정을 전적으로 존중했다. 그녀는 나가야 할 사람이 생기면 그 사람이 가장 하기 싫을 것 같은 직무로 그 사람을 배치했다. 한 번도 회계 일을 배우거나 해본 적이 없는 사람을 회계팀으로 보내버린다거나, 개발팀에서 일하던 사람을 영업팀으로 보내버리는 것이었다. 그렇게 배치된 사원들은 정글에 버려진 문명인처럼 허망한 표정을 감추지 못했다. 현주가 인사발령서를 사내 게시판에 붙이는 날이면 프로젝트가 종료된 사원들 사이에 긴장감이 도는 것은 당연한 일이었다. 대표는 속사정도 모른 채 사람은 결국 자기 자리를 찾아가는 법이라는 둥 속 편하게 떠들어댔다.

K는 직장에서의 현주 모습이 서늘하게 느껴질 때가 많았다. 퇴근 후의 현주는 다른 여자들에 비해 좀 더 너그러운 편이었기 때문에 더 그러했다. 그럼에도 불구하고 그는 회사에 현주 같은 역할이 꼭 필요하다는 확고한 생각을 가지고 있었다. 어쨌든 현주의 인사발령에 삼 개월 이상 견딘 사람은 아무도 없었다. 단 한 명, 가영을 제외하고.

현주의 말에 따르면 가영은 늘 뒤처리가 서툴렀다. 사소하게는 생리 때마다 화장실에 다녀오면 꼭 피 한 방울을 남겨 다른 여직원들까지 민망하게 만들었고, 업무를 할 때도 마무리를 하지 않아 뒷사람이 꼭 마지막 점검을 해주어야 했다. 누가 그녀에게 마지막 업무를 맡기고 갈 때면, 수도꼭지를 잠그지 않고 외출한 것처럼 실수한 사람 취급을 받았다. 도리어 실수한 그녀보다 그녀에게 일을 맡긴 사람이 더 큰 실수를 한 것처럼 말이다.

남의 뒷일까지 확인할 정도로 꼼꼼한 성격의 현주는, 가영은 완벽히 대치되는 지점에 있었다. 현주는 뭐든 자신이 예상한 대로 흘러가는 것을 좋아했다. 현주의 유일한 취미는 도미노 게임이었다. 자신이 세운 도미노가 상상한 대로 쓰러지는 순간은 현주에게 참을 수 없는 희열을 가져다주었다. K가 현주의 선택을 받은 것도 그가 경로에서 이탈하지 않는 안전한 도미노이기 때문이었다.

가영이 경로를 이탈하는 이유는 과도한 열정 때문일지도 몰랐다. 여섯 시 십 분만 되어도 아무도 남지 않는 회사에, 저녁 여덟 시가 넘도록 혼자 사무실 불을 밝히고 있는 모습을 본 사람은 여럿이었다. 몇 사람에게서 가영의 자발적 야근이 불편하다고 지적하는 목소리가 나오자 집으로 업무를 가지고 갈 정도였다. 현주가 그런 가영을 매번 엉뚱한 곳으로 발령을 냈음에도, 불평 한마디 없이 밤새 관련 분야를 공부하는 가영의 모습은 애잔하기까지 할 정도였다. 마침, 가영이 새로 맡은 업무가 K와 관련 있는 업무였다. 가영과 같은 업무를 하게 된 그는, 가영에게 최대한 친절하게 대해 주리라 마음먹었다.

그런데 그가 다짐한 것이 무색하리만큼 가영의 서투름은 상상을 초월하는 수준이었다. 다른 분야의 일을 준 것이 문제가 아닌 것 같았다. 가영은 경쟁사의 상품을 조사하다 말고 갑자기 성분표에 적힌 모르는 단어를 검색해 보더니 그에게 와서 물었다.

"팀장님, 혹시 덱스트린이 뭔지 아세요?"

"네?"

그는 왜 그녀가 분명 한 시간이면 끝낼 수 있는 일을 하루 종일 하고, 그러면서도 정작 해야 할 일은 끝내지 못하는지 그제야 깨달았다. 그는 퇴근 후에 현주를 만나 물었다.

"너 덱스트린이 뭔지 알아?"

"아니? 그게 뭔데?"

"오늘 가영 씨한테 B사 상품 조사하라고 했더니, 성분표를 보고선 덱스트린이 뭔지 묻더라고."

"하, 그 사람 그만둘 생각 없지?"

"전혀? 덱스트린이 뭔지에 대해 논문이라도 써오라면 써 올걸?"

"그래서 덱스트린이 뭔데?"

"그냥, 과자에 들어가는 화합물이야."

다음날도 가영은 정말 열과 성을 다해 상품 조사를 했다. 다른 사원들 같으면 한 시간이면 와야 할 자료가 이틀째 오지 않았지만, 어차피 가영은 잉여인력이었기 때문에 그저 내버려 두었다. 다시 다음 날이 돼서야 가영이 그에게 준 자료는 아마 B사의 상품기획팀보다도 더 상세히 상품을 분석했을 것 같은 자세한 정보가 담겨 있었다. 그는 왠지 가영에게 술을 마시자고 말하고 싶어졌다. 가영은 그의 제안에 '입사 이래 회사 동료와 사적 만남을 가지는 것은 처음'이라며 감격했다.

그날 이후 그는 가영과 급격히 가까워졌다. 가영은 사적인 자리에서 의외로 사랑스러운 구석이 있었다. 가영의 넘치는 탐구심과 허술함은 남녀관계에서는 꽤 장점처럼 느껴졌다. 가영과 저녁을 먹는 날이 잦아질수록 그는 자연스럽게 현주에게는 소홀해졌다.

가영과 K가 시간을 보낸 많은 날 중 하루의 다음 날, 현주가 전날 받지 않은 전화에 대해 항의라도 하는 듯 그에게 신경질적으로 서류를 던졌다. 그 덕에 그는 종이에 손이 베였다. 날카롭게 재단된 종이의 단면이 현주를 닮아 있었다. 그는 칼에 베인 듯 따끔거리는 상처를 보면서 그녀와의 관계도 결국 자신에게 남기는 것은 쓰라림밖에 없지 않을까 생각했다.

평일 오후 두 시에 약간의 카페인으로 제정신을 유지할 수 있는 것처럼, K는 가영과 가지는 잠깐의 밀회로 일주일을 견딜 수 있게 되었다. 그는 버터를 발라 튀긴 옥수수팝콘처럼, 가영으로 인해 한껏 부풀려졌다.

현주가 그것을 눈치채기까지는 꽤 오랜 시간이 걸렸다. K

와 현주는 굳이 티를 내지는 않았지만 회사 사람들 사이에 공공연하게 인정되는 사내 커플이었고, 현주가 생각하기에 가영은 감히 그걸 알면서도 남의 남자를 탐낼 만큼 담대한 인물처럼 보이지 않았기 때문이다. 처음 둘의 밀회를 목격했을 때도 현주는 애써 침착함을 유지했다. 유난히 눈치가 없는 가영이 얼결에 저지른 일이겠거니 한 것이다.

"가영 씨, 모르셨나 본데 저랑 개발팀장님 만나는 사이에요."

"어머, 그랬군요. 전 몰랐어요."

"네, 그랬을 줄 알았어요. 괜찮아요. 이제부터라도 조심 좀 해주세요."

현주는 따로 가영에게 이야기한 것으로 자신이 우아하게 일 처리를 끝냈다고 믿었다. 다만 현주가 간과한 것은 가영이 자신에게 어떤 사과의 말도 건네지 않았을 뿐 아니라, 다시는 그를 만나지 않겠다든가 하는 약속도 하지 않았다는 사실이었다. 현주가 뿌듯하게 집에 돌아간 것과 별개로 가영과 그의 만남은 지속되었다.

현주의 계획에 따르면 K와 현주는 내년쯤에는 결혼 준비를 시작해야 했다. 현주는 자신의 계획대로 가영이 회사에서 나가지 않는 것만으로도 충분히 스트레스를 받아왔는데, 자신의 인생 계획까지 망치려 든다고 생각하니 밀려오는 화를 참을 수가 없었다. 현주의 눈에 가영은 마치 다 완성된 도미노를 중간 지점에서 엎어버리는 사람 같았다.

그에게 은근히 눈치를 주기도 했지만, 그는 모르쇠로 일관할 뿐이었다. 그는 대놓고 면박을 주는 것을 질색하는 사람이었기 때문에 가영을 떼어내는 것이 최선이었다. 현주의 머릿속이 복잡해졌다. 현주는 가영에 대해 다시 파악할 필요성을 느꼈다. 가영은 여전히 인상을 한껏 찌푸리고 엉뚱한 걸 조사하느라 바빠 보였다. 가영은 초등학생이 처음 교과서를 받아볼 때처럼 성분표를 탐독하고 있었다.

분위기가 반전된 것은 다름 아닌 그 성분표 때문이었다. 그날도 신제품 성분표를 계속해서 들여다보던 가영은, 최근 아이 엄마들 사이에서 이슈가 되었던 성분을 발견해 낸 뒤 입점 재검토를 제안했다. 팀장은 가영의 제안이 탐탁지 않았지만, 조심해서 나쁠 게 없다고 판단했는지 가영의 제안을 받아들였다. A기업이 성장할 수 있었던 것은 지역사회에서 좋은 이미지를 구축해 온 덕도 있었기 때문이었다. 그런데 얼마 지나지 않아 지역 엄마들이 자주 이용하는 인터넷카페에서 가영이 재검토 제안했던 제품 관련 논란이 터졌다. 마침 경쟁사에서는 그 제품을 신규 입점 행사까지

하는 등 한창 판매 중이었다. 인터넷카페에서 경쟁사의 여론이 점차 안 좋아지자, A기업은 당연히 반사이익을 보게 되었다. 늘 주인공이 승리하는 시시한 고전 히어로물처럼, 이상할 정도로 상황은 A기업에게 좋게 돌아갔다. 이 사건은 A그룹 내에서 가영의 이미지를 바꾸는 데 큰 영향을 끼쳤다. 물론 가영을 한심하게 보던 사람들의 평가가 단지 이 일만으로 한순간에 바뀐 것은 아니었다. 그래도 몇몇 사람들의 가영을 대하는 태도가 묘하게 바뀐 것은 부정할 수 없었다.

"가영 씨가 큰일 했네. 그렇게 꼼꼼하게 들여다보더니 말이야."

옆 팀의 과장마저도 괜히 이런 식으로 말을 걸어오곤 했다. 이런 상황이니 으쓱할 법도 하건만 정작 당사자인 가영은 대수롭지 않은 일이라는 듯 행동했다. 가영은 혹평에만 무딘 사람이 아니었다. 의외였던 것은 현주였다. 현주는 자신의 실수를 인정하지 않을 수 없었다. 현주는 완벽한 것처럼 보였던 자신의 설계도를 수정할 필요성을 느꼈다. 현주는 가영이 놓일 자리를 다시 그려보았다.

얼마 후 A기업에는 새로운 인사발령서가 붙었다. 상품기

획팀에서 입점을 희망하는 상품의 성분을 검토하는 것이 가영의 업무였다. 가영은 새로운 업무를 맡자마자, 자신에게 꼭 맞는 신발을 신은 육상선수처럼 신이 나, 컴퓨터 화면에서 얼굴을 떼지 않았다. 다른 일을 시켜도 찾아서 하던 일을, 아예 대놓고 하라고 맡겨주니 가영에게는 말 그대로 24시간이 모자랐다. 가영에게 24시간이 모자란 것은 K에게는 불행이 되었다. 그와의 만남은 문젯거리가 가득한 성분표보다 가영의 흥미를 끌지 못했다.

K는 유통기한이 지난 쌀빵처럼 변해갔다. 갓 만든 쌀빵은 밀빵보다 훨씬 쫀득하고 맛있지만, 오래된 쌀빵은 오히려 밀로 만든 빵보다 더 퍽퍽하고 질겨서 먹지 못할 정도의 식감으로 변한다. 그의 팀에 들어온 젊은 개발자들은 팀장의 무기력한 모습에, 독단적으로 행동하기 일쑤였다. 현주는 그를 홍보팀으로 발령 냈다. 그는 현주가 붙인 인사발령서의 의미를 바로 이해했다.

그는 홍보팀에서 공식 SNS 계정의 댓글 관리를 맡았다. 홍보팀에서도 갓 입사한 신입에게 시키는 일이었다. 다른 직원들의 예상과 달리 그는 바로 퇴사하지 않았다. 현주의 인사발령서가 통하지 않은 것은 가영 이후로 두 번째였다. 그는 그만두기는커녕 오히려 자리에서 엉덩이 한 번 떼지 않았다. 그의 자리에서는 전과 다르게 상한 우유에서 날 법한 악취가 풍기기 시작했다. 타닥타닥 그가 댓글을 작성하는 소리가 간간이 들려왔다. 현주는 그의 자리를 더 구석진 곳으로 밀어냈다. 그러자 우유 썩는 냄새는 점차 더 역해져서 근처의 직원들이 항의할 정도가 되었다.

현주에게 이전의 가영이 홀로 색깔이 다른 도미노였다면, 지금 K는 부서진 도미노 조각 같았다. 현주는 어떻게 해야 완벽한 도미노를 다시 세울 수 있을지 고민하며 자리에 놓인 도미노를 만지작거리면서도, 정작 가장 중요한 사실은 깨닫지 못했다. 도미노 게임은 모든 말이 쓰러지는 순간 비로소 끝이 난다는 사실 말이다.

제16회 '동서문학상' 소설부문 맥심상 수상作

너와 나의 거리

모든 것은 저 봉투에서 시작되었다. 내용물에 비해 터무니없이 큰 서류봉투를 뚫어져라 쳐다보며 생각했다. 반송 도장이 눈에 띄게 찍혀 있는 서류봉투 안에는 '이유림' 세 글자가 적힌 스티커가 붙은 외장하드 하나가 덩그러니 들어 있었다. 유림은 회사 홍보물 제작을 위해 잠시 고용되었던 프리랜서 사진작가였다. 내 또래로 보이는 여자가 20대 초반이나 할 법한 요란한 머리를 하고 있어 눈길이 갔던 기억이 어렴풋이 났다. 정수리에서 귀밑까지는 평범한 갈색이었지만, 그 아래로는 솜사탕 같은 분홍색이었다. 얼굴은 어땠던가, 잘 기억나지 않지만 분명 모난 얼굴은 아니었던 것 같다.

유림이 사무실 한편에 작업물이 담겨 있을 것으로 보이는 외장하드를 놓고 간 모양이었다. 그리고 그 외장하드를 발견한 꼼꼼한 성격의 총무과 막내 직원이 이력서의 주소로 외장하드를 보내준 것이다. 그런데 외장하드는 다시 돌아왔다. 막내 직원은 몇 번이고 유림에게 전화를 걸었지만 연결되지 않았다.

다른 물건이라면 버렸을지 모르지만, 왠지 중요한 파일이라도 들어 있을 것 같은 외장하드를 막내 직원은 쉽게 처치하지 못했다. 원래 막내 시절에는 모든 게 조심스러운 법이었다. 결국 막내 직원은 유림과 함께 홍보물 제작을 했던 우리 부서로 외장하드를 들고 찾아왔다. 부서 사람들은 모두 '연락도 되지 않는 프리랜서 작가의 외장하드쯤 그냥 내버려 두면 그만 아닌가' 생각했다. 그래도 누군가는 책임지고 그 외장하드를 맡아 놓고 있어야 했다. 외장하드가 나에게까지 넘어오게 된 배경은 대충 그랬다.

나는 외장하드를 방치하고 있었다. 얼떨결에 받아 들기는 했지만 당장 급한 일도 아니었으니까. 한동안 서랍에 외장하드를 넣어 놓은 채 잊고 지냈다. 그녀와 함께 작업한 홍보물이 완성되었을 때가 돼서야 그 외장하드가 다시 떠올랐다. 막내 직원이 외장하드와 함께 건네준 그녀의 연락처로 전화를 걸었지만, 여전히 통화 연결음만 지루하게 울릴

뿐이었다.

이 정도면 '정말 중요한 작업물이 있을 리가 없는 게 아닐까'란 합리적인 의심이 들었다. 중요한 작업물이라도 있다면 금방 연락이 왔을 텐데 여태 연락이 없는 걸 보면 말이다. 그래서 외장하드 속 내용물을 한 번 확인해 보기로 했다. 중요한 파일이라도 있다면, 분명 잠금장치가 걸려 있을 터였다.

역시나 크게 중요해 보이는 파일은 없었다. 대부분 우리 회사 홍보물에 사용했던 사진들이었다. 내용물을 쭉 훑어보던 중 '스냅'이란 이름을 가진 폴더가 눈에 띄었다. 폴더엔 대부분 여행지에서 찍은 스냅사진이었다. 아마 혼자 여행 간 사람들이 의뢰한 사진들인 것 같았다. 언뜻 봐도 대부분 여자였다. 나도 모르게 사진을 클릭해 한 장 한 장 넘겼다. 선정적인 사진을 보는 것도 아닌데 뭔가 훔쳐보는 것 같은 이상한 기분이 들었다. SNS에서는 보지 못한 보정이 전혀 없는 날 것의 사진이어서 더 그랬다.

중간쯤에서 멈췄더라면 보지 못했을지도 모르겠다. 익숙한 얼굴이 보였다. 익숙한 정도가 아니었다. 나도 모르게 예쁜 얼굴을 찾듯이, 낯선 여자들의 사진을 무심히 넘기던 손가락을 멈췄다. 나의 여동생, 수연의 사진이었다.

수연이 '엄마'라는 말을 이제 막 배우고, '아바, 아바바'라며 어설프게 아빠를 부를 때쯤, 아빠는 죽었다. 머나먼 타국에서 아빠만 바라보고 한국으로 왔던 엄마는 더 이상 한국에 남을 이유가 없었다. 남편을 닮은 우리 얼굴은 엄마에게 상실의 고통을 상기시킬 뿐이었다. 외할머니는 화면 너머로만 얼굴을 보았던 손녀들보다 남편 없이 두 아이를 키워야 할 자기 딸을 걱정했다. 처음엔 엄마의 마음이 추슬러질 때까지만 고모가 우리를 맡기로 했다. 한 달, 그다음에는 육 개월, 일 년이 지난 어느 순간부터 고모는 올케에게 언제 오냐고 전화 거는 일을 그만두었다.

다행인지 고모는 우리를 보육원에 보내진 않았지만, 조카라기보다는 '다마고치' 즘으로 여겼다. 자신이 원하는 시간에 밥만 주면 되는 다마고치 속 캐릭터 그 이상도 그 이하도 아니었다. 게임 캐릭터와 달리 현실의 아이들은 무엇보다 애정이 필요하단 사실을 알 생각도, 알 필요도 없었다.

엄마는 돌아오지 않았고 고모는 그저 우리를 버릴 수 없어 키우고 있을 뿐이라는 사실을, 나는 금세 깨달았다. 반면 수연은 언젠간 엄마가 돌아올 것이고, 고모가 자신을 사랑할 것이라는 기대를 한참이나 버리지 못했다. 버리지 못한 기대는 반복되는 좌절로 돌아왔다. 수연은 더디지만 점차 확실하게 포기하는 법을 배웠다. 몇 번이고 물에 빠트리면 수영을 배울 수 있게 된다던 말처럼, 배우기를 원치 않아도 배워진 것이다. 유쾌한 농담을 하는 것처럼 웃으며 그런 말을 하던 상사의 앞에서 맞장구를 치며 웃으면서도 그렇게 배운 수영이 즐거울까 하는 생각을 했었던 기억이 난다. 그때쯤 수연의 입도 닫혀버렸던 것 같다.

그리고 스무 살이 된 수연은 증발했다. 수연은 아무런 짐도 가지고 가지 않았다. 수연의 방에서 사라진 것은 수연뿐이었다. 내일이라도 당장 돌아올 것처럼, 옷가지 하나 챙겨가지 않았다. 성인이 되어서 며칠간 방황할 뿐이라고 생각했다. 고모는 아무 말도 하지 않다가 수연이 사라지고 몇 달이 지나자 수연의 짐을 정리했다. 고모는 갑자기 사라진 수연보다 성인이 되었음에도 집에서 나가지 않는 나를 이상하게 여겼다. 나는 수연이 그리웠다. 유일한 가족이라는 이유 외에도, 의지할 곳 없는 고모 집에서 존재 자체만으로도 느낄 수 있었던 동지애 비슷한 것이 있었기 때문이었다. 수연이 사라진 뒤 나 역시 고모의 집을 나왔고, 이후 몇 년간 틈틈이 수연의 행방을 찾아보았지만 머리카락조차 찾지 못했다.

오프라인에서 수연을 찾는 것을 포기하고 옮겨간 것이 온라인이었다. 나와 달리 수연은 인터넷 커뮤니티나 SNS에 많이 의지하는 것 같았다. 어쩌면 수연은 형식적인 대화만 나누는 나와 고모보다 그곳 사람들을 더 가족같이 생각했을지도 모른다. 수연의 입은 잘 열리지 않았지만, 손가락은 키보드 위에서 항상 바쁘게 움직이곤 했다. 메일 주소를 더듬더듬 기억해 내 모든 커뮤니티에서 수연의 흔적을 찾기 시작했다.

온라인에서도 수연의 흔적은 쉽게 찾을 수 없었다. 한참을 이곳저곳을 찾은 뒤에야 수연이 작성한 걸로 보이는 글을 발견했다. 희열감이 느껴질 정도였다. 수연은 '쑤'라는 닉네임으로 익명의 커뮤니티에 수백 개의 글을 올렸다. 무심한 고모에 대한 불만, 낯선 사람을 대하는 것에 대한 어려움 등을 경직된 말투로 토로해 왔던 수연은, 점차 그 공간의 문화에 적응했는지 점차 가벼운 말투로 글을 올렸다. 그럴수록 댓글이 더 잘 달린다는 사실을 깨달은 듯했다. 그 공간에서 대부분의 사람들은 자신이 누구인지 추측할 수 없도록 'ㅇㅇ'이라는 닉네임을 사용했다. 수연은 수많은 'ㅇㅇ'이 별생각 없이 남긴 것으로 보이는 댓글에도 성심성의껏 댓글을 달고, 때로는 싸우기도 했다.

그중에서 가장 눈에 띄는 글은 수연이 집을 나가기 얼마 전, 그러니까 열아홉 살의 겨울에 올린 글이었다. '동성의 친구에게 처음 느껴보는 감정이 든다'는 내용의 글 속 수연의 말투는 처음의 그 경직된 말투였다.

그 글을 다 읽자마자 떠오른 것은 한껏 눈썹을 치켜올린 수연의 얼굴이었다. 수연이 옆에 있었더라면, 잔뜩 찌푸린 얼굴로 컴퓨터 전원을 꺼버렸을 것이다. 내 상상 속 수연의 얼굴과는 달리 유림이 찍은 사진 속 수연은 마지막 모습과는 많이 달라져 있었다. 미용실을 자주 가지 않아 늘 힘없이 늘어져 있던 머리카락은 턱 끝에 닿을 정도로 짧아져 있었고, 얼굴에서는 앳된 티가 전혀 없었다. 화면 속 수연이 낯선 이유는 외형적인 변화보다도 환하게 웃는 얼굴 탓이 컸다. 수연의 얼굴이 모니터에 꽉 차도록 크기를 키워보았다.

나는 수연에게 항상 무슨 말인가 건네고 싶었다. 등을 돌린 채 핸드폰 액정에 얼굴을 파묻은 수연의 뒤통수를 볼 때마다 수연이 뒤를 돌아보기만 하면 무슨 말이라도 건네리라 마음먹었다. 그렇지만 수연이 뒤를 돌아보는 일은 없었다. 수연과 나의 침대는 사람 한 명이 겨우 지나갈 수 있을 만큼 떨어져 있었는데, 수연은 그 틈새에 견고한 벽이라도 세워져 있는 것처럼 굴었다. 지금 생각해 보면 수연이 뒤를 돌아봤더라도 나는 무슨 말도 건네지 못했을 것 같다.

수연과 침대를 따로 쓰기 전, 내 덩치가 수연과 비슷했던 시절까지만 해도 수연은 잠들기 전까지 무슨 말이든 조잘거렸다. 나는 수연의 말에 간간이 고개를 끄덕이고 무언가 묻는 것 같으면 대충 '응, 응'하고 대답할 뿐이었다. 그것만으로도 수연은 충분히 만족하는 것 같았다. 수연이 입을 닫은 후로, 그때 수연이 무슨 말을 했는지, 어떤 생각을 했는지 제대로 듣지 않은 것이 자주 후회되었다.

수연이 무엇 때문에 입을 닫아버리기로 결심했는지 알 수 없지만, 그전에 수연이 보여줬던 어떤 징조 같은 것은 기억난다. 중학생 때 수연은 분명 눈을 떴으면서도 벌건 대낮까지 학교에 나가지 않기도 하고, 어느 날 남학생들이나 할 법한 스포츠머리를 하고 집으로 왔다. 지금이야 머리를 짧게 자르는 여자들이 많다지만, 당시는 운동선수가 아니고서야 머리를 짧게 자르는 사람은 거의 없었기 때문에 수연의 짧은 머리는 시선을 끌기에 충분했다. 긴 교복치마를 입은 수연이 짧은 머리로 학교에 오가자 다른 반 선생님들 사이에서도 한두 마디씩 말이 오갔다.

그전까지 수연은 눈에 띄지 않는 평범한 학생이었기 때문에 수연의 담임선생님은 수연의 그런 돌발행동을 이해할 수 없었다. 담임선생님은 수연에 대한 걱정보다도, 혹여 수연이 이 이상의 문제와 사고를 일으켜 반 전체의 평화가 깨지지 않을까 두려웠다. 담임선생님은 수연의 문제로 고모에게 전화를 걸었다. 고모의 시큰둥한 반응에 담임선생님은 수연의 이상한 행동들이 가정환경에서 비롯된 것이라고 확신했다. 수연의 담임선생님이 다음으로 찾은 것은 나였다. 당시만 해도 나는 그런 일들을 대수롭지 않게 여겼다.

나에게는 찾아오지 않았던 사춘기가 수연에게는 찾아온 모양이라고 추측할 뿐이었다. 담임선생님은 수연의 행동을 못 본 척하기로 했다. 결국 수연의 돌발행동을 제지한 사람은 아무도 없었고, 수연의 일탈은 얼마 가지 않아 멈췄다. 수연의 머리는 다시 이전의 축 늘어진 생머리로 돌아왔다.

수연의 행방에 대한 구체적인 실마리를 찾았는데 하필 그 실마리를 쥐고 있는 사람과 연락이 되지 않았다. 그래도 수연이 어딘가에 무사히 존재한다는 사실을 알게 된 것만으로 다행이었다. 유림과 연락만 된다면 수연을 찾을 수 있을 거라고 확신했다. 실은 확신보다는 바람에 가까운 감정이었다. 당장이라도 수연이 모니터에서 나올 것만 같았다.

유림에게 문자를 남겼다. 구구절절 상황을 설명하는 글을 한참 써 내렸다가 전부 지우고 남은 말은 한마디였다. '김수연 씨와 관련해서 묻고 싶은 게 있습니다.'

다음 날, 유림에게 전화가 걸려 왔다.

"수연 씨는 왜요? 무슨 일이 있나요? 그런데 제가 수연 씨랑 아는 사이라는 건 어떻게 아셨어요?"

"아, 그, 놓고 가신 외장하드에서 사진을 봤습니다. 유림 씨랑 연락이 안 돼서 중요한 파일이라도 있나 하고 살펴보던 중이었어요. 그런데 수연이가…. 하여간 혹시 수연이 연락처를 좀 알 수 있을지 해서요."

"네, 그러셨군요…. 그런데 수연 씨 사진 찍은 지 한참 됐을 텐데…."

말끝을 흐리는 유림의 목소리 뒤로 그 사진을 다 뒤져보았냐는 책망이 느껴졌지만, 다행히 수연의 사진을 보게 된 경위를 더 이상 묻지는 않았다.

"아는 사이인데요, 아주 잘. 연락이 안 된 지 오래되어서요."

유림은 내 말을 듣고 이전보다 더 까칠한 목소리로 대답했다.

"혹시 예전에 만났던 사이라던가, 그런 건가요? 어떤 사이였는지는 모르겠지만 지훈 씨 말만 듣고 고객 연락처를 넘길 수는 없어요. 개인정보잖아요. 죄송하지만 어렵겠습니다."

"사실 저는 수연이 친오빠입니다. 부탁드리겠습니다."

"친오빠요?"

친오빠라는 말에 유림이 놀란 듯 반문했다.

"네, 사정이 있어서 연락을 못 한 지가 오래됐습니다."
"제가 그 말을 어떻게 믿죠?"

친오빠라는 설명에도 유림은 여전히 날 선 경계심을 풀지 않았다. 내가 거짓말을 하고 있다고 생각하는 듯했다.

"원하신다면 서류라도 떼서 보여드리겠습니다. 저 정말 수연이 친오빠 맞습니다."
"아니요, 진짜 친오빠라도 제 마음대로 드릴 수는 없어요. 가족이라고 해서 그럴 권리가 있는 건 아니라고 생각하거든요, 전. 제가 바빠서요. 전화 이만 끊겠습니다."

유림은 이렇게 말하고는 전화를 끊어버렸다. 망연자실했다. 수연이 눈앞까지 왔다가 사라진 기분이었다. 수연과의 재회를 반쯤 포기하고 있었으면서도 막상 눈앞에서 놓치니 상실감이 들었다. 로또 번호도 아예 안 맞는 것보다는 몇 개 맞았을 때 더 아쉬운 법이었다. 유림의 마음을 돌릴 방법을 생각해 내야 했다. 아직 외장하드가 나에게 있는 것이 그나마 남은 희망이었다.

출근해서도 수연의 생각에 일이 손에 잡히지 않았다. 외장하드가 부적이라도 되는 것처럼 쉼 없이 만지작거렸다.

며칠 후 유림에게 다시 전화를 걸었다. 지난번 통화 이후로 번호를 저장했는지, 이번에는 바로 전화를 받았다.

"무슨 일이죠?"
"혼자 여행 가는 사람들, 사진 찍어 준다고 하셨죠?"
"그런데요?"
"저도 사진 좀 찍어주셨으면 해서요."

유림은 황당하다는 듯이 허, 하고 숨을 내뱉었다.

"수연 씨 연락처 드릴 생각 없는데요."
"연락처 받으려고 그러는 거 아닙니다. 주시면 좋지만요. 어차피 외장하드도 받으셔야 하지 않나요?"

외장하드 생각을 완전히 잊었는지 유림은 또 헉, 하고 이상한 소리를 냈다. 어쩐지 허술한 면이 있는 여자였다.

"뭐, 알겠어요. 어디로 가실 건데요?"
"수연이 갔던 곳과 같은 곳으로요."

수연이 사진을 찍은 곳은 경주였다. 서울에서 경주까지는 삼백 킬로미터가 훌쩍 넘었다. 경주로 가는 버스 안에서 내내 수연을 생각했다. 수연은 늘 버리는 것을 어려워했다. 친구에게 받은 선물의 싸구려 포장지나 포스트잇에 대충 휘갈겨 쓴 쪽지를 모두 펼쳐서 예쁜 상자에 넣어 보관했다. 고모가 그 상자를 버렸던 날, 수연은 밤새 쓰레기봉투를 뒤져 상자를 찾아냈다. 그 정도로 사소한 물건 하나하나에 집착하던 수연이었기에 수연이 짐 하나 챙기지 않고 떠났다는 사실을 더더욱 믿을 수 없었다. 그래서 수연이 물건을 찾기 위해서라도 다시 돌아올 것이라 믿었었다.

경주에 도착했을 때, 유림은 이미 터미널에서 나를 기다리고 있었다. 유림의 얼굴을 보자 마치 수연을 만난 듯한 기분이 들어 들뜬 기색을 감추기가 어려웠다. 유림의 차에서는 달큼한 방향제 냄새와 함께 담배 냄새가 약하게 났다.

"고맙습니다. 이렇게 만나주셔서."

"고객으로 만난 건데요, 뭐."

일부러 수연의 이야기는 꺼내지 않고 회사에서 유림의 작업물을 아주 마음에 들어 했다는 말과 함께 사진에 대해서만 계속 물었다. 유림의 경계심을 풀고 싶었기 때문이었다.

"스냅 찍으러 전국을 다 다니시나 봐요."
"네, 뭐. 출장비도 최소한만 받는 편이에요. 워낙 여행 다니는 걸 좋아하기도 하고. 사진 다 찍고 나서 내키는 대로 며칠씩 더 여행하고 그래요."

유림은 대화를 나누다 보니 마음이 조금 풀렸는지 먼저 수연의 얘기를 꺼냈다.

"혼자 여행 온 사람들한테는 이런저런 말을 많이 붙이는 편이에요. 혼자 오신 분들은 대부분 긴장한 상태라, 사진에도 그게 보이거든요. 아무래도 저랑 조금 가까워지고 마음이 열리면 사진도 더 잘 나오는 경우가 많죠. 수연 씨는 처음에 유난히 낯을 가리셔서 제가 좀 더 노력했었던 기억이 나요."
"그럼, 혹시 제 얘기는 안 하던가요?"
"하긴 했어요. 그런데, 글쎄, 수연 씨가 얘기하는 지훈 씨가 제가 아는 지훈 씨가 맞나 싶어요. 하도 다른 사람 같아서."

유림의 얼굴이 곤란한 기색으로 바뀌더니, 머뭇거리며 말을 꺼냈다.

"왜죠?"

"수연 씨는, 음, 지훈 씨가 수연 씨가 없어서 편할 거라고 하던데요. 자신이 사라져서 아주 후련할 거라고."

수연이 유림에게 내 얘기를 할 때 어떤 목소리였을지 궁금했다. 조금은 아쉬운 목소리였는지, 아니면 아무런 감정도 없이 딱딱한 목소리였는지 알고 싶었다. 가능하기만 하다면 유림과 수연이 대화를 나누던 때로 돌아가 직접 듣고 싶었다. 네가 떠난 이후로 후련했던 적은 단 한 번도 없었노라고, 오히려 네가 없다는 사실을 깨달을 때마다 뼈마디 사이사이에 바람이 들어오는 것처럼 시리기만 했을 뿐이라고 대답해줄 수 있다면 좋겠다고 생각했다.

고모는 우리에게 용돈을 주지 않았다. 대신 꼭 필요한 물건은 직접 사주었다. 수연은 생리 때마다 우물쭈물 고모를 찾아갔다. 사춘기 청소년들에게는 꼭 필요하지 않아도 있어야 하는 물건이 많았다. 그런 순간에 나는 포기했고, 수연은 어떻게든 그 물건을 사려고 했다. 코끝이 빨개지도록 전단지를 돌리고 수연은 오천 원 남짓한 돈을 손에 쥐었다. 며칠간 전단지를 돌린 대가로 수연은 친구와 똑같은 화장품을 사고, 치마를 수선하곤 했다.

문제는 수연의 수학여행 출발을 며칠 앞두고 터졌다. 수

련회나 현장체험학습 모두 교복과 체육복으로 해결해왔던 수연이었지만 수학여행까지 그럴 수는 없었다.

"고모, 저 수학여행 갈 때 입을 옷이 없어서요…."

수연은 결국 고모를 찾아갔다. 하지만 고모가 건네준 옷들은 젊은 시절 자신이 입었던, 유행이 다 지난 것은 물론이거니와 수연이 입으면 마치 포대 자루를 뒤집어쓴 것 같은 것들뿐이었다. 고모에게 남자 옷이 없었기 때문에 나는 적으나마 내 옷을 몇 벌 살 수 있었지만, 수연에게는 그조차도 허락되지 않은 것이었다. 한참 동안 고모가 준 옷을 가지고 이리저리 합을 맞춰보던 수연은 도저히 이런 옷을 입고 갈 수는 없다고 느꼈는지 옷을 모두 내팽개치고 한참이나 침대 모서리에 앉아있었다. 안 그래도 작은 수연의 등이 굽어질 대로 굽어져 더 작아보였다. 내 눈에 비치는 수연은 꼭 사슴벌레처럼 보였다. 딱딱한 뿔을 세우고 있지만 초등학생의 손짓 한 번이면 모든 걸 잃고 마는.

수연은 나와 고모가 모두 잠들고, 고모가 키우던 늙은 개마저도 곯아떨어지자 고모의 화장대 속에 있던 지갑을 꺼내왔다. 교차하며 들리는 늙은 개와 고모의 코 고는 소리에 수연의 발소리가 숨겨졌다. 지갑 안에는 십만 원이 조금 되지 않는 돈이 들어 있었다. 수연은 그중 반을 꺼내서 가방 안에 숨겼다. 다음 날 수연은 그 돈으로 자기 몸에 딱 맞는 후드집업을 샀다.

고모는 지갑을 열자마자 돈이 없어진 걸 알아챘다. 큰 소란이 날 것 같았지만 예상외로 고모는 크게 화를 내지 않았다. 조금 언짢은 듯 보이기는 했지만 수연의 눈도 바라보지 않고 한 마디 핀잔을 줬을 뿐이었다.

"어디서 그런 버릇을 배웠니?"

수연은 아무 대답을 하지 않았다. 고모 역시 대답을 바라고 한 말은 아니었는지 혀를 한 번 쯧 차고는 다시 방으로 들어갔다. 상황이 종료되었는데도 수연은 어쩐지 안도한 것 같지 않았다. 그렇다고 해서 풀이 죽은 것처럼 보이지도 않았다. 나는 정말 오랜만에 수연에게 먼저 말을 걸었다.

"잘됐네, 별로 안 혼나고."

내가 툭 건넨 말에 수연은 천천히 고개를 돌아보았다.

"잘됐다고?"

그때 수연의 억양은 분명 화가 난 것처럼 들렸다. '괜히 말을 걸었나'란 생각에 대답하지 않고 어깨를 으쓱였다. 수연은 방금 말한 사람이 아닌 것처럼 어느새 고개를 돌린 채였다. 수연의 대답을 들은 것이 내 착각인 것 같기도 했다.

유림은 대답 대신 상투적인 위로를 몇 마디 건네고는 다시 운전에 집중했다. 괜한 소리를 했다고 느끼는 것 같았다. 그 이후로 유림은 먼저 말을 걸어 오지 않았다. 나는 유림에게 묻고 싶은 말이 많았지만, 내비게이션은 내가 말할 틈을 주지 않고 길 안내를 계속했다. 수연을 생각하니 유림의 능숙한 운전 솜씨에도 불구하고 어쩐지 몸이 배긴 것처럼 불편해졌다. 몸을 몇 번 뒤척이고 눈에 들어오지 않는 바깥 풍경을 멍하니 바라보는 사이 사진을 찍을 장소에 도착했다.

사진을 찍어달라는 것은 그저 유림을 만나기 위한 구실이었다. 혼자 사진을 찍는 것은 고등학교 졸업사진 촬영 이후로 처음이었다. 그때도 나는 뻣뻣한 차렷 자세로 사진을 찍었다. 그때 우리 졸업사진을 찍어준 사진기사는 같은 장소에서 기계적으로 셔터만 눌러댔을 뿐, 내 뻣뻣한 자세에 아무런 말도 보태지 않았다. 반면, 유림은 열정적인 사람이었다. 유림은 처음에는 몇 번 부드러운 말로 자세를 바꿔보는 게 어떠냐고 권하더니 점점 어조가 강해졌다.

“지훈 씨, 사진 찍으러 온 거 맞아요? 좀 자연스럽게 움직여 봐요. 제발 입에 힘 좀 뺄 수 없을까요?”
“혼자 사진 찍는 게 익숙하지 않아서요.”
“당연하죠, 지훈 씨가 모델도 아니고. 그래도 조금만 힘을 빼 봐요.”

계속해서 유림의 말에 따라 움직이다 보니 확실히 표정이 자연스러워지는 것 같았다. 유림은 실없는 농담을 던지기도 하고, ‘빽’ 소리를 지르기도 하면서 내 반응을 이끌었다.

“수연이는 사진 잘 찍던가요?”
“말도 마세요. 수연 씨는 더 했어요. 누가 자기를 이렇게 집중해서 보는 게 처음인 것 같다고 그러더라고요. 그래도 나중엔 무지 좋아했어요. 웃기도 잘 웃고.”

나와 수연에게는 어린 시절 사진이 많지 않았다. 그나마 있는 사진이라곤 단체로 찍은 사진들뿐이었다. 아이들의 모든 순간을 기록하고 싶어 안달이 난 대부분의 부모와 달리 고모는 그럴 이유가 없었기 때문이다.
사진 촬영이 끝나고 돌아가는 길에 유림이 수연을 꼭 만나야겠냐고 물었다. 나는 ‘그래도 가족인데, 당연히 얼굴은 보고 살아야지 않겠냐'고 말하려다 너무 상투적인 이야기처럼 들릴 것 같아 그냥 고개만 끄덕였다. 막상 수연을 만나면 전과는 다르게 둘도 없이 다정한 남매 사이로 지낼 수 있을까, 생각해 보면 그렇진 않을 것 같다. 그래도 언젠가 수연에게, 그리고 나에게 가족이 필요한 순간엔 서로가 있어 줄 수 있도록 수연이 어디에서 뭘 하고 사는지 정도는 알고 싶었다.

유림은, 솔직히 말해 나와 수연의 관계에 책임을 지고 싶지 않다고 했다. 나와 수연이 영영 보지 않고 산다면 지금보다 더 나빠질 일은 없을 텐데, 자신이 서로 다시 만나게 해서 관계가 최악으로 변한다면 그 책임이 자신에게 오지 않겠느냐고. 그러면서 과거의 기억은 속이려면 속일 수 있는 게 아니냐고, 이대로 좋은 쪽으로만 수연을 기억하는 게 어떻겠냐고 물었다. 나는 유림의 말이 터무니없는 소리라는 듯이 황당한 표정을 지으면서도 내심 유림의 말대로 하고 싶은 충동을 느꼈다. 유림의 사진 속 웃는 수연의 얼굴만 기억한 채 각자의 인생을 사는 것이 속 편할 것 같기도 했다. 나는 유림에게 생각해 보겠다고 고개를 끄덕이고는 집으로 돌아왔다. 유림은 사진이 편집되는 대로 보내주겠다고 말했다.

고모의 집에 가는 것은 몇 년 만의 일이었다. 그간 왕래를 안 하고 지냈던 것은 아니었다. 취업하고 나서부터 고모에게 매달 얼마간의 돈을 보냈다. 형편이 되는 대로 오만 원이던, 백만 원이던, 여윳돈은 모두 보냈다. 액수가 정해져 있지 않은 빚을 갚는 심정이었다. 고모의 오빠와 고모의 올케를 대신해 하는 일이었다. 명절이면 전화를 걸기도 했다. 십 분을 넘긴 적이 없기는 했지만.

늘 고모 방문 앞에서 졸고 있던 늙은 개는 죽고 없었다. 하긴, 내가 어릴 때도 이미 그 개는 늙어있었다. 그 개한테도 강아지 시절이 있었는지 기억이 잘 나지 않을 정도였다. 이제 그 집에는 고모 혼자뿐이었다. 사람 셋과 강아지 한 마리가 살기에는 비좁았던 집이 고모가 혼자 살기에는 넓다 못해 텅 비어 보였다. 주방에 커피를 타러 간 고모의 등이 옛날 수연처럼 굽어 있었다. 예전보다 한결 작아진 고모의 덩치를 보면서 지금이라면 고모의 옷을 수연이 입을 수도 있겠단 엉뚱한 생각이 들었다.

고모는 커피에 각설탕을 아주 많이 넣었다. 아무리 봐도 커피보다는 설탕 맛이 더 날 것 같았다. '나이 들수록 단 게 더 당기네', 고모는 내 시선을 느꼈는지 그렇게 말했다. 이 집에 내가 손님으로 앉아있는 것이 낯설었다. 유난히 고요한 분위기의 어색함을 달래려 뜨거운 커피를 계속 홀짝거렸다. 그러면서 고모 곁을 떠난 수많은 것들을 떠올렸다.

떠난 것들의 수만큼 각설탕이 늘었을지도 모른다.

나는 괜히 의미 없는 이야기를 몇 마디 늘어놓다가 수연의 소식을 들은 적이 있는지 물었다. 사실 크게 기대하고 물었던 것은 아니었는데, 고모는 뜻밖의 대답을 했다. 몇 달 전 수연의 애인이라며 한 여자가 찾아왔다는 것이었다. 나는 수연이 여자를 좋아하는 걸 알았으면서도 새삼 정말 수연이 여자를 좋아하는구나, 다시 깨달은 기분이 되었다. 고모가 별로 놀라운 이야기도 아니라는 듯이 수연의 애인은 수연보다 세 살이 많고, 아주 미인이라고 덤덤하게 말했다. 하긴 예전부터 고모는 별로 놀라는 일이 없었다. 아마도 그녀는 수연 모르게 고모를 찾아온 모양이었다. 수연은 지금 아주 행복하게 잘살고 있다고, 수연을 키워주셔서 고맙다는 인사를 하고 무슨 일이 있으면 자신에게 연락하라고 번호를 주고 갔다고 했다. 고모는 너도 그 애를 만나보고 싶거든 한번 찾아가 보라고 수연의 애인이 일하는 카페 명함을 하나 건네주었다. 명함을 받아 들고 나가려는 나를 고모가 붙잡고 한마디를 덧붙였다.

"가끔 모르는 번호로 전화 올 때가 있었어. 여보세요, 여보세요, 한참을 말해도 아무 대답도 없이 끊더구나."

나는 그 꼬깃꼬깃한 명함을 한동안 신발장 위에 올려두었다. 출근할 때 한번, 퇴근할 때 한번, 그 명함을 보면서 수연을 만나는 일에 대해 고민했다. 아침에는 역시 수연을 만나러 가봐야겠다고 결심하고 가는 길까지 찾아봤다가도, 저녁에는 명함을 못 본 체하고 집 안으로 들어가기도 했다. 그러다 하루 종일 집에 있던 어느 토요일에 결국 명함을 집에 들여놓았다.

수연의 애인이 일하고 있다는 카페에 가면서 수연이 사랑하는 여자는 어떤 사람일까에 대해 상상해 보았다. 사랑을 담은 말을 많이 하고, 수연의 모든 것을 궁금해하는 사람이었으면 좋겠다고 생각했다. 때론 수연에게 화를 내기도 하겠지만, 결국 토라진 수연을 먼저 꼭 안아줄 수 있는 마음이 넓은 사람이기를 바랐다.

멀리서 그녀의 실루엣이 보였다. 그리고 그녀의 옆에 뒤돌아 서 있는 여자가 한 명 보였다. 많이 보았던 뒷모습이었다. 그녀들은 서로 머리카락을 만지작거리기도 하고, 무슨 재밌는 이야기를 하는지 서로의 몸을 치면서 웃기도 했다. 멈춰서 둘의 다정한 실루엣을 계속 바라보고 싶은 기분이 들었다. 그곳으로 걸어가는 길은 아주 먼 길이 될 것 같았다. 그래도 괜찮았다.

무명의 소식

1. 사형선고

무명은 지난주부터 매일 자신의 자취방에 있는 물건을 하나씩 버리고 있다. 이사를 가거나, 방을 정리하려는 의도는 아니었다. 매번 버림받는 것이 지겨워, 이제는 버리는 입장이 되어보고자 시작한 일이었다. 처음에는 장난삼아 시작한 일이었지만, 점차 무명은 이 상황에 몰입하기 시작했다. 그도 그럴 것이 무명은 요즘 '할 일'이 없었다. 직장인이라면 직장으로 출근할 것이고, 학생이면 학교에가 공부할 텐데 무명은 지금 어디에 가 할 일이 없었다.

무명은 어릴 적부터 남들은 모르는, 자기만의 세계에 빠지는 일이 잦았다. 오늘만큼은 수업을 좀 들어보겠다고 모처럼 마음을 먹고, 선생님의 말에 조금 집중할라치면 선생님의 낡은 가디건에 달린 단추가 달랑거리는 것이 신경 쓰이기 시작했다. '무신경한 선생님은 분명 가디건을 세탁할 때도 따로 세탁망에 넣지 않고 마구 돌렸을 것이 분명해. 그래서 저렇게 보풀도 일어나고 단추도 떨어지려 하는 거겠지. 저 단추는 아마 가디건에 매달려 있기 위해 필사적인 노력을 하고 있을 거야, 만약 가디건에서 떨어지게 된다면 그날로 자신의 운명이 끝이라는 걸 잘 알고 있을 테니까 말이지. 단추가 떨어진다면 선생님이 단추가 떨어진 걸 과연 눈치챌 수 있을까? 아마 아닐 거야.' 무명은 단추 하나만 보고도 금세 이런 생각들이 꼬리에 꼬리를 물기 시작했다. 그러니 성적이 좋지 않은 것은 당연한 일이었다.

다행인지 무명은 성적과 달리 친구 관계는 좋은 편이었다. 무명은 자신이 겪은 일, 혹은 남이 겪은 일에 살을 붙여 재밌게 이야기하는 것에 재능이 있었다. 반 친구들은 무명이 하는 이야기를 좋아했다. 한 아이가 무명의 이야기는 거짓이라고 지적하기 전까지만 해도 말이다. 누군가에게 해를 입히려는 의도는 없었지만, 무명이 실제 이야기에 몇 가지 살을 붙여서 다른 이야기로 만든 것은 사실이었다. 그리고 무명은 어디까지가 사실이고 어디부터가 거짓인지 설명하지 않았다. 무명 자신도 어디서부터 거짓인지를 잘 모르기 때문이었다. 그것을 모두가 눈치챈 이후로 무명의 이야기를 들어주는 아이는 없었다. 이런 일들은 무명이 학교에 다니는 내내 반복되었다.

하여간 무명은 요즘 물건을 단순히 버리는 것이 아니라 자신이 물건에 대한 사형선고를 내린다는 상황에 몰두해 있었다. 자신은 이 작은 방의 왕이자, 대법관이자, 사형집행자였다. 무명의 자취방은 북한을 넘어서는 공산국가였다. 배심원도 변호사도 없었다. 그저 무명이 그럴듯한 이유를 붙이기만 하면 그 물건의 운명이 결정되는 것이었다. 무명이 오늘 심판대에 세우기로 마음먹은 물건은 이력서와 전 여자친구의 집게핀이었다. 오늘 무명은 먼저 이력서를 심판대에 세웠다.

"당신은 이 나라의 왕을 취직시킬 의무가 있음에도 번번이 탈락의 고배를 마시게 했습니다. 당신의 죄를 인정하십니까?"

무명이 짐짓 엄숙한 체를 하며 이력서를 들고 묻는다. 자신을 탈락시켰던 면접관들의 표정을 떠올리면서 미간을 가득 구기고 이력서를 샅샅이 살펴본다. 그러면 이력서는 무명의 입을 빌려 변론을 시작하는 것이다.

“그것은 무명의 이력이 형편없기 때문입니다. 제 잘못이 아닙니다. 무명은 그저 그런 대학을 나와서 몇 년간 공시 준비를 한 이력밖에 없는 한심한 인간이 아닙니까?”

이력서의 말을 들은 무명은 분노한 목소리로,

“감히 국왕을 모독하다니, 이 자를 즉결 처분하겠다. 사형에 처하라.”

선포하고는 이력서를 갈기갈기 찢어버린다. 다음 타자인 집게핀이 심판대에 오른다. 무명의 전 여자친구인 S가 이 방에 놀러 왔을 때 놓고 간 물건이었다. S는 무명이 해주는 허무맹랑한 이야기들을 제법 좋아했었다. 그것은 오히려 S가 지극히 현실적인 사람이었기 때문인데, S는 무명이 무슨 엉뚱한 소리를 하건 깔깔거리며 들어주었다. S를 떠올리던 무명은 이내 집게핀을 신문하기 시작한다.

“당신은 이 나라의 왕비가 떠나가는 것을 그저 방관하여, 왕이 혼자 남게 만들었습니다. 당신의 죄를 인정하십니까?”

집게핀은 변명한다.

“그것은 제 잘못이 아닙니다. 무명이 몇 년째 돈도 못 벌고 한심한 짓거리나 하고 있으니, 왕비가 재수 없는 M에게 가버린 것입니다.”

무명은 집게핀을 쓰레기통에 던진다. S가 자기 동기인 M과 다정하게 찍은 사진을 올린 것은 무명와 헤어지고 불과 일주일이 지나지 않았을 때였다. 무명은 나쁜 년, 속으로 중얼거린다. 그러다 다시 큰 소리로 선포한다.

“왕비를 다시 데리고 오는 자에게 큰 포상을 내릴 것이야.”

그러나 대답하는 사람은 아무도 없다. 무명은 곧 지루해져서 놀이를 끝낼까 하고 침대에 눕는다. 이때 저 멀리에서 쓰레기통의 말이 들려온다.

“저는 이 나라의 왕을 사형대에 올리고자 합니다. 이 나라의 왕은 자신이 무능한 것을 깨닫지 못하고 엉뚱하게도 백성들의 탓을 하고 있습니다. 그 때문에 백성들의 고충이 이만저만 한 것이 아닙니다.”

감히 국왕을 사형대에 올리려는 쓰레기통에게 무명은 분노한다. 그런데 이상하게도 다른 물건들이 모두 동조하는 것이 아닌가.

"옳소, 국왕을 폐위합시다!"

물건들의 목소리가 점차 커지자, 무명은 비탄한 심정이 되어 눈을 감는다.

"백성들의 뜻이 그렇다면 나는 받아들이겠소, 왕위에서 물러나겠소."

폭동을 일으켰던 물건들이 일순간 조용해지는 듯하더니, 쓰레기통이 다시 입을 연다.

"국왕을 처형하라!"

무명은 자신에게 내려진 처형을 담담히 받아들인다.

2. 호기심

그녀를 만난 것은 문화센터의 인문학 강좌에서였다. 수강생들끼리 말을 나눠본 적은 없었으나 몇 번의 수업 뒤에, 얼굴 정도는 외우게 되어 다들 눈인사만 하는 정도였다. 그녀는 늘 가장 앞자리에 앉아 열심히 고개를 끄덕거리며 강사의 말을 메모하던 여자였다. 그녀가 내 눈에 띈 것은 마지막 수업 날 강사가 수강생들에게 던진 질문 때문이었다.

"그간 고생 많으셨습니다. 수업을 통해서 자기 자신을 긍정하게 되는 경험을 하셨다면 더없이 좋겠습니다. 마지막으로 수강생 여러분들의 이야기를 듣고 싶은데요. 남들에게 말 못 했던 비밀이 있다면, 오늘 이 자리에서 하나씩 고백해 보는 것은 어떨까요?"

일동 침묵. 그러자 강사가 다시 입을 열었다.

"저부터 하겠습니다. 저는 사실 남들 앞에 서는 것이 참 두렵습니다. 강사가 이런 말을 하니, 참 우습게 들리시겠지만 정말 그렇습니다. 강의에 들어오기 전에 매번 심호흡을 여러 번 하고 들어 옵니다. 이런 저도 강사를 하고 있으니,

여러분도 뭐든지 할 수 있으시겠지요."

강사의 말이 끝나고 다시 적막이 흘렀다. 나는 혹시 내 차례가 온다면 무슨 이야기를 해야 하나, 정확히는 무슨 얘기를 지어낼지 고민에 빠졌다. 그때, 수강생 중 한 남성이 손을 들었다.

"저는 불임입니다. 남들에게는 아이를 갖지 않는 것이 아내와 둘이 재밌게 살기 위함이라고 얘기하지만 실은 제가 불임이기 때문입니다. 그것도 모르고 저희 어머니는 아내에게 타박하십니다. 어머니에게도 이 사실을 솔직하게 말하지 못하는 저는 비겁한 사람입니다."
"아닙니다. 이렇게 이 자리에서 말씀하신 것만으로 수강생님은 용감한 사람입니다."

강사는 한 사람의 고백이 끝날 때마다 응원의 의미로 박수를 치자고 했다. 박수 소리가 잦아들자, 수강생들이 하나둘씩 자기 이야기를 시작했다. 태연한 척했지만 먼저 승진한 동료에게 시기, 질투를 느낀다거나, 비혼이라고 이야기하고 다니지만 실은 결혼이 하고 싶다던가, 하는 고백들이 이어졌다. 처음에는 제법 흥미를 느끼며 들었으나, 시간이

길어질수록 지루해졌다. 대충 대화가 끝나는 분위기가 되고 강사가 입을 떼려던 찰나, 한참 조용히 입을 닫고 있던 그녀가 불쑥 입을 열었다.

"저는 공중화장실에서 물을 내리지 않아요."

예상치 못한 내용의 고백에 다들 난처한 표정을 지었지만 나는 갑작스럽게 심장이 두근거렸다. 나는 늘 궁금했다. 도로에서 정해진 속도보다 훨씬 더 느리게 가는 차에는 누가 타고 있을까? 지나치게 안정적인 것을 좋아하는 나이 지긋한 공무원일까 혹은 운전면허시험에 여러 번 응시해서 간신히 면허를 딴 젊은이일까 혹은 신생아를 태워서 조심스러워진 부모일까? 그래서 가끔은 그런 차들을 멈춰 세우고 이유를 묻고 싶은 충동을 느끼기도 했다. 이뿐만이 아니라 내 생각에 이해 가지 않는 일을 하는 모든 타인들의 흔적을 보면 나는 이유를 묻고 싶어졌다. 몇 가지는 내가 직접 해보기도 했지만 그래도 끝끝내 이해되지 않는 행동들이 있었다. 그럴 때면 꼭 그 사람을 찾아서 '왜 그랬느냐'고 묻고 싶어지는 것이다. 공중화장실에서 물을 내리지 않는 행동도 마찬가지였다. 따져 묻거나 싸우고 싶은 것이 아니라 궁금했을 뿐이지만 당연하게도 그것은 불가능한 일이었다.

나는 늘 해소되지 않는 호기심으로 인한 갈증에 시달렸다. 그런데 목마름을 채워줄 것을 기대하지 않았던 곳에서 한 잔의 물이나마 마실 수 있다니, 흥분하지 않을 수 없었다. 내가 왜 그러시는 거죠? 물어보려는데 강사가 먼저 입을 열었다.

"하하, 농담하시는 거죠. 가끔 뭐, 공중화장실 변기 손잡이가 더러워서 물을 안 내리는 사람도 있다고는 하더라고요. 그럴 땐 휴지로 감싸서 내리거나 하면 되지 않을까요? 오늘 강의는 여기서 마무리하겠습니다. 다들 마음속에 비밀 하나쯤은 품고 사시겠지만, 때로는 그 비밀을 고백할 수 있는 사람을 꼭 만나기를 바랍니다. 그동안 감사했습니다."

시시한 마무리였다. 눈앞에서 한 잔의 물을 빼앗긴 나는 강의가 끝나자마자 빠르게 사라지는 그녀를 뒤쫓았다. 그녀는 화장실로 향했다. 정말 또 물을 안 내렸을까? 궁금했지만 들어가 볼 수는 없었다. 화장실 바로 앞에서 기다리고 있는 것이 민망하여 나는 주변을 서성거렸다. 나는 그녀가 문밖으로 나오자마자 그녀를 붙잡았다.

"아까 한 말, 정말이에요?"

내가 대뜸 이렇게 묻자, 그녀는 별로 크지도 않는 눈을 치켜뜨고 무언가 생각하는 척을 하더니 곧 큰 소리로 하하 웃었다.

"아니요, 그럴 리가요. 그냥 사람들 하는 말이 다 재미없어서요. 진짜 비밀도 아닌 걸 비밀이라고 하잖아요. 사람들 당황 시킬 겸 해본 소리예요."

그녀의 대답을 듣고 나는 그럼 그렇지, 하고 흥미를 잃었다. 물 한 모금 얻어 마시기가 이렇게 힘들어서야. 힘이 빠진 내가 예, 하고 자리를 뜨려는데 그녀가 나를 붙잡았다.

"저, 제 진짜 비밀, 이야기해 줄까요?"

나는 그녀의 말이 썩 궁금하지는 않았다. 일반적으로 해결할 수 있는 호기심은 이미 다 해결한 지 오래였다. 그래도 이야기하겠다는 사람을 두고 돌아서는 것도 예의가 아닌 것 같아 어디 한번 말해 보라고 고개를 끄덕였다.

"저는 사실 어제, 제 막냇동생을 죽였어요. 어릴 땐 온몸이 아주 말랑말랑, 귀여운 아이였어요. 커서는 취직도 못하는 퀴퀴한 젊은이가 되어버렸지만요. 곧 뉴스에도 나올걸요."

그녀의 얼굴은 언뜻 보면 태연한 것처럼 보였지만 자세히 들여다보면 입가가 씰룩거렸다. 내가 놀라기를 기대하는 모양이었다. 그렇지만 나는 그녀의 욕망을 채워줄 생각이 없다. 살인자의 마음이란, 이미 오래전에 해결한 호기심이었기 때문이다.

3. 수습기자

좁지만 안락한 원룸 침대 위 대신 좁은 데다가 불편하기까지 한 A서의 기자 숙직실의 간이침대에서 눈을 뜬 것이 벌써 며칠째인가. 허리의 통증은 이제 익숙해져서 느껴지지도 않았지만 제대로 씻지 못하는 것은 아무래도 적응이 되질 않았다. 그런 생각은 사치라고 일러주기라도 하려는 듯, 선배에게서 걸려 온 전화벨 소리가 울렸다.

- "무슨 소식 없어?"
"네, 아직은 없습니다!"
- "제대로 된 건 물어오기 전까지 복귀할 생각하지도 마."

제기랄, 소리가 절로 나온다. 기자가 되기 전까지는 욕을 해본 적이 없는 나였는데 요즘은 숨 쉬듯 나오는 소리가 '제기랄'이다. 이 동네는 뭐 이렇게 평화로운지 도무지 기사 쓸 거리가 눈에 띄질 않는다. 나도 모르게 '살인 사건이라도 하나 터져줬으면' 하는 무서운 생각이 잠시 떠올랐다가 이내 고개를 저었다.

이대로는 안 되겠다는 생각에 나와 마찬가지로 신입인 것 같은 순경 한 명이 담배를 피우러 가는 걸 얼른 쫓아 나갔다. 형사들 와중에 가장 '형사 같지 않은' 인상을 가진 젊은 순경이었다. 그가 담배를 꺼내자마자 얼른 라이터를 갖다 대며 넉살을 부렸다.

"간밤에 무슨 사건 없었을까요? 사소한 거라도 좋습니다. 저 진짜 좀 씻고 싶어서 그래요."

"아이고, 네…."

그는 어쩔까, 고민되는 표정으로 담배만 뻐끔뻐끔 빨았다. 나는 질세라 더 울상을 지었다. 그가 피우던 담배의 길이가 손가락 마디 하나보다 더 짧아졌을 때, 그가 입을 열었다.

"살인 사건이 하나 있는데…. 아직은 정말 보도하시면 안 돼요. 이게 남매간에 일어난 일이라. 동생이 먼저 목을 맸는데, 죽지 않은 모양이더라고요. 근데 그걸 누나가, 음, 다시 성공시켜 줬어요. 정신을 잃은 동생을 칼로…."

순경의 말이 끝나자마자 나는 금세 가슴이 부풀어 올랐다. 살인사건, 그것도 남매간의 살인사건이라니. 빅이슈였다. 순경에게 이거 절대 다른 기자한테 말씀하시면 안 돼요, 신신당부한 나는 가벼운 발걸음으로 서를 나섰다. 즉시 선배에게도 소식을 전했다. 선배도 흥분한 눈치였다. 최근에 큰 사건이 없어서 시답지 않은 접촉 사고 기사나 써대던 터였다. 최대한 자극적인 기사 제목을 머릿속으로 몇 개 떠올리자, 콧노래가 절로 나왔다.

아, 매일이 오늘만 같았으면.

4. 부고

이 년, 이 년 만에 무명에게 문자가 왔다. 이제는 얼굴도 흐릿하게 기억나는 무명을 떠올려 본다. 여섯 명이 모인 취업 스터디 모임에서 처음 무명을 만났다. 그때 무명은 다 먹은 사과즙 같았다. 누가 무명을 쪽 빨아먹기라도 한 것처럼 말라 있는 무명이 나는 자꾸 눈에 밟혔다. 그래서 무명을 제외한 모두가 취업에 성공하고, 모임이 흐지부지된 후에도 나는 종종 무명을 만나 밥을 먹었다.

어느 날 밥을 먹던 무명이 히마리 하나 없는 얼굴로 "누나는 사는 게 재밌어요?" 하고 질문했고, 나는 쉽사리 대답할 말을 찾지 못했다. 나는 사실, 사는 게 그리 나쁘지 않았다. 스테레오 타입이라고 할 수 있는 가정의 외동딸이었고, 이름을 들어봤을 법한 중견기업에 취업도 성공했다. 나와 달리 무명에게는 늘 짝꿍처럼 불운이 따라다녔다.

무명에게는 집을 자주 비우는 부모와, 세 살이 많은 누나가 있었다. 자연히 누나와 무명은 단둘이 시간을 보내는 일이 많았다. 사진으로밖에 얼굴을 못 보긴 했지만 무명의 누나는 얼굴만 보면 무명의 말이 거짓말처럼 들릴 정도로 선해 보였다.

하기는 평소에 무명의 누나는 꽤 상냥한 편이라고 했다. 가끔 용돈을 주기도 하고, 툴툴거리며 방 청소를 해주기도 하는 평범한 누나일 때가 훨씬 많다고 말했다. 하지만 '어떤' 스위치가 눌리면, 영 다른 사람으로 돌변한다는 것이다. 처음에는 학용품 따위였다고 했다.

"누나가 아끼는 볼펜을 잃어버린 적이 있거든요. 집에 돌아와서 쭈뼛쭈뼛 그 얘기를 누나한테 했어요. 그런데 누나가 괜찮다고, 웃더라고요. 네 것도 하나 없애면 된다고. 그러더니 제 필통을 가위로 잘랐어요."

이때까지만 해도 무명은 조금 이상하긴 했지만 별생각은 없었다고 했다. 무명이 누나가 확실히 이상하다는 것을 깨달은 것은 누나의 숙제에 물을 엎지른 날이었다. 누나가 고생해서 한 숙제를 망쳐버렸으니 누나가 화를 내도 별수 없다, 그렇게 각오하고 무명은 누나에게 사실을 고백했다. 그런데 누나는 역시나 웃으며 괜찮다고, 네 것도 하나 망치면 된다고 대답했다는 것이다.

그때 누나가 망친 것은 무명이 애지중지하던 햄스터, 햄돌이였다. 집을 자주 비우는 것이 미안했던 아빠가 선물로 사준. 햄돌이는 누나의 손에 의해 변기에 빠져 죽었고, 무명은 그 변기통을 붙잡고 몇 번이고 구역질했단다. 그 뒤로 무명은 누나가 무서워졌다.

출장에서 돌아온 아빠가 햄스터가 어디 갔냐고 묻자 무명은 누나가 죽였다고 이야기했지만, 아무도 무명의 말을 믿어주지 않았던 모양이다. 무명은 거짓말을 잘하는 아이였기 때문이다. 무명은 나를 만났을 때도 자꾸 거짓말을 했다.

하도 무명이 자꾸 의미 없는 거짓말을 하니, 스터디원들이 가장 연장자인 나에게 불만을 토로했다. 무명이 안쓰러웠던 나는 최대한 탓하는 것처럼 들리지 않게 노력하면서, 왜 자꾸 거짓말을 하느냐고 물었다. 무명이 하는 거짓말은 누구랑 누가 손잡고 가는 걸 봤다거나, 카페 아르바이트생이 자신한테 고백했다던가, 하는 말도 안 되고 사소한 것들이었다.

"저는 세상이 다 거짓말 같아요."

내 물음에 무명은 이렇게 답했다. 무명은 뭐가 현실이고 뭐가 거짓인지 구분하는 것이 어렵다고 했다. 자기가 상상하거나, 꿈에 나온 일들이 자꾸 현실처럼 느껴진다는 것이었다. 나는 무명에게 그렇게 헷갈리는 일이 있으면 나에게 먼저 묻고 남들에게 이야기하라고 조언해주었지만, 무명은 그냥 입을 다무는 것을 선택했다.

무명과 가끔 함께하던 식사는 시간이 지날수록 뜸해졌고, 내가 지금의 남편을 만나 결혼 준비를 하게 되면서는 아예 끊어져 버렸다. 그 뒤로 무명의 소식을 모르고 살아왔는데, 오늘에서야 무명에게서 문자가 온 것이다.

[부고 - 본인 상]

고인 : 김 무명

고인의 명복을 빌어주시길 바랍니다.

조문은 받지 않습니다.

나는 속사정은 모르지만, 무명의 불행이 드디어 끝났구나, 하는 생각에 안도의 한숨을 내쉬었다. 다만 무명이 꼭 가보고 싶어 하던 유명한 짬뽕집을 같이 가주지 못한 것이 미안할 따름이었다.

마치며 – 작가의 말

다시 글을 쓰기 시작하고, 책에 담아낼 만한 8편의 단편을 고르고, 퇴고에 다시 퇴고를 거치기까지 이 년이라는 시간이 걸렸습니다. 짧다면 짧고 길다면 긴 시간 동안 저는 결혼을 하고, 직장을 옮기고, 코로나에도 두 번이나 걸렸습니다. 이런 일들을 말씀드리는 이유는 이 년 내내 글 쓰는 일에만 매달리지는 못했다는 것을 고백하기 위해서입니다. 하지만 그 모든 시간 안에 글을 잊은 적은 없었습니다. 글을 쓰지 않는 시간에는 글을 쓰고 싶었고, 글을 쓰는 시간에는 더 나은 글을 쓰고 싶었습니다.

왜 글을 써야 하는지, 왜 글이 쓰고 싶은지 답을 찾는 것이 어려웠습니다. 이제는 답을 찾은 것 같습니다. 쓰지 않을 수 없어서, 쓰기 시작했습니다. 제 안에 흐르는 이야기와 그 안에 사는 이들이 제가 글을 쓰지 않고는 견딜 수 없게 만들었습니다.

이름 모르는 사람들의 이야기를 쓰고 싶었습니다. 그리고 그들의 이야기를 기억하고 싶었습니다. 대학 시절 수업 시간에 "이해란 내 안의 너를 발견하는 것이다."라는 말을 들은 적이 있습니다. 어떤 교수님의 어떤 수업이었는지도 기억나지 않지만, 이 말 만큼은 머릿속에 또렷이 기억하고 있습니다. 무명의 어떤 이들에게서 독자님의 모습을 한 줌 발견하신다면, 그들을 조금은 이해하고 가끔은 기억해 주시기를 바랍니다.

다음에는 무슨 글이 쓰고 싶어질지 모르겠습니다. 지금 저에게 가장 큰 목표는 이 책을 온전히 세상에 내보내는 것입니다. 그렇지만 십 년 뒤에도, 그 십 년 뒤에도 글을 쓰고 있었으면 좋겠습니다. 더 좋은 글이 무엇인지 계속해서 고민하고, 항상 다정한 마음이 담긴 글을 쓰는 작가가 되겠습니다. 무엇보다 꼭 드리고 싶은 말이 있습니다. 이 글을 읽어주시는 독자님이 계시기에 작가로서의 제가 존재합니다. 감사합니다.

** 내 모든 글의 첫 번째 독자이자 내가 가장 사랑하는 이,
나의 남편과 이 책이 나올 수 있도록 응원하고 도와준 모든
사람들에게 감사의 말을 전합니다.

* 지구를 위해 친환경재생지를 사용합니다.

무명의 소식

초판 1쇄 2023년 7월 30일
지 은 이 박시은
펴 낸 곳 하모니북

출판등록 2018년 5월 2일 제 2018-0000-68호
이 메 일 harmony.book1@gmail.com
전화번호 02-2671-5663
팩 스 02-2671-5662

979-11-6747-117-8 03810

책값은 뒤표지에 있습니다.

이 도서의 국립중앙도서관 출판예정도서목록(CIP)은 서지정보유통지원시스템 홈페이지(http://seoji.nl.go.kr)와 국가자료공동목록시스템(http://www.nl.go.kr/kolisnet)에서 이용하실 수 있습니다.